离婚诉讼

史鹏钊 著

作家出版社

生活总是处处不如意，一直坚持的东西有时也会被它否定，但是那又如何，明天太阳依旧会升起，依然会向往着美好的生活。

—— 罗曼·罗兰

1

陈玲终于把凌解放堵在了办公室门口，说她要跳楼，就从区法院这楼上跳下去，死给政府看。如果跳楼不成，她就要去杀人，杀了路明那个负心汉，这种不是男人的假男人，他骗了自己的感情，骗得自己今天在长安这座城市里，一无所有。

"你是谁？抱我腿是哪门子事儿？"凌解放生气了，他从办事员到科长，再到副处长，干了这么多年的工作，还没有一个告状的群众，像今天这样，在单位给自己难看。

陈玲哭丧着脸，说："反正我不想活了。我从网上查了，也打听了，你就是那个管立案的处长，你不管我谁管我。"她话还没说完，就呜呜啦啦地哭个不停。周围房间的同事们都探出头来，看看发生了什么事。看客们又很快把头缩了回去，他们平时在工作中，总是听说凌解放这人是个好人，工作干得踏实，一步步地走到了今天。但是他爱喝酒，喝了酒就出去找女人，这成了凌解放的不可言说的嗜好，也是法院大院大家心照不宣的事儿。

凌解放继续喊道："你有事儿说事儿，你抱着我腿，我能飞了呀，刁民！"楼道里突然很安静，他的声音就显得比往常高出许多。他继续说："你再不放手我就叫公安了呀，你这叫干扰正常办公秩序。"

陈玲这时哭号得更厉害，声音也比刚才大了几十分贝。还是拖着哭腔："你说谁是刁民？谁是刁民？你，你，你说呀，谁，谁是刁民？"感觉有些没完没了。

凌解放的副手陈爱国出来，一手把陈玲拉起来，说："来，你进来给我说，凌处长要去开会，啥事儿我给你解决。"一边说一边就把陈玲向他办公室里拉。陈玲一只胳膊还抱着凌解放的左腿，另外一只胳膊被陈爱国拉着，腰上的肉都露在了外边——这会儿，她哪里能顾得上这些呢？

没办法，凌解放也没逃得掉，就和他的副手陈爱国一起拉着陈玲进了办公室，整个楼道才恢复了以往的安静。半个屁股坐在凌解放办公室的沙发上，喝上了陈爱国倒来的多半杯水，陈玲的心情才慢慢地恢复到平静。

凌解放面前摆放着两页纸，手里拿起笔，问："姓名？"

陈玲瞅了他一眼，说："陈玲，耳东陈，玲珑的玲。"

凌解放笑了，说："还玲珑呢，你看你一点儿都不小巧玲珑。"陈玲说："你问我爸去，名字是父母起的，又不是我。"她又说道："你别管我名字，我要反映问题，你们到底管不管？"

凌解放说："管管管。我们这里啥都管，上至国家大事，下至鸡毛蒜皮，家长里短。"说完嘿嘿一笑，吓得陈玲一阵哆嗦，她说："管就好，我就担心你不管，我今天来之前都想好了，你不管，我就到北京信访办，去说说苦诉诉冤，顺便再到中南山，俺给总理拜个年。"陈爱国在认真地做着笔录，手一抖，哈哈地笑出了声。他心里想，这女人不简单，还要去北京哩。

凌解放清了清嗓子，说："你还中南山呢，中南海在哪里你知道吗？我告诉你，你跑到北京，跑一百圈子，还是回来到我这里来。"他说完，端起水杯咕咚咕咚地灌完了多半杯温茶水。

陈玲说："我要告在力通公司上班的我男人路明，年初为了买房跟我办了离婚手续。去年年底，市上出台了《进一步加强管理保持房地产平稳健康发展的若干意见》，规定一对夫妻只能在本市范围买一套房子。我想着，买房就买房，在这座城市奋斗的目标就是再能有套大房子，这样孩子将来上学也就条件更好了。这样，我们就去民政局办理了离婚。"

陈玲继续说："我们这是假离婚，就是为了买房啊。可是路明这个挨千刀的，离婚后房子买了，可是不久就跟单位的一个小姑娘领了证。"她说着就开始哭，又开始骂力通公司那个小狐狸精。那女人她曾经见过几次，原来路明和单位的伙计们吃饭，有次喝醉了酒，她去接路明时见过。那小狐狸精一对眼珠子能勾魂，奶子鼓得跟个气球儿似的，都不知道被谁摸了。

陈玲去区法院找凌解放前，也打听到了凌解放的家。她本来要在军警路的法院小区等凌解放，可是在小区门口一打听，门房的大爷说都好久没见过凌法官回家了，他虽然是法官，也难断家务事。听说娃娃已经上初中了，学习也不好，媳妇儿也是个操心的命。小区里人都知道他们夫妻爱吵架，凌法官好几次从楼道里出来，鞋子已经从家里的阳台上飞下来，有次还差点砸到人，鞋子的背后，是他妻子符金英歇斯底里的骂声。

门房的大爷一句句地说，陈玲有些开始同情起这个法官了，看来真是清官难断家务事啊。她在电视新闻和网络上看到过，凌法官穿着法袍，坐在法庭上，字正腔圆，让她心服口服。陈玲还知道一件事，记得去年11月1日开庭的一个案件，作为审判员的凌解放不停地揉眼、搓手，最后歪头睡在审判椅上。正巧，那次是公开网络直播，就有好事儿的网友在网络上发帖反映，说凌解放在庭审时睡觉，并公布了庭审视频截图。

这件事发生后，网络上炒得沸沸扬扬，网民褒贬不一。有网友说"这样的人，也能做法官，吃着国家的公粮，领着国家的俸禄，花着人民的纳税钱，就这样为人民办事吗？"网络上的留言高楼越盖越高，最后高得都看不到底，不得不把矛头指向了区法院。区法院在媒体舆情面前，成立了以法院纪检组长为组长的调查组，通过查看当时庭审的视频，让法官和书记员回忆当时的过程，快秃了顶的凌解放还写了份情真意切、歉意满满的情况说明。过了一天，区法院在单位的微信公众号上还发了情况说明，表示对此高度重视，纪检监察部门立即开展调查。

凌解放被停职了一周。在这一周里，他也没有回家，困了就睡在办公室的值班床上，被调查组责令写了较为深刻的检讨，经各级领导审核把关后才息事宁人。

陈玲抱住凌解放大腿的那天，是他刚刚恢复职务后的第一天，所以显得有些尴尬。中午在餐厅吃饭时，还有要好的同事说："老凌啊，最近还是要注意，这社会，网上的帖子能害死人哩。谨慎啊谨慎，再谨慎。"还有几个和他一起毕业于政法大学的老同学说："哥们儿啊，你火了，火得一塌糊涂哩，昨天咱们同学群里还说呢。咱们同学就你现在手里权力大哩，你可不敢向枪口上撞啊。"

陈玲从区法院出来，挤上了去钟楼的公交车。她要告路明，手里没有诉状，自己也不会写。听别人说钟楼附近常年有代写诉状的老头，经验丰富。她现在最需要的就是找到一个懂行的人，给她指明方向。这半年多来，她四处奔波，先是去了街道办事处，街道办事处负责协调事务的老大姐问她，她简单地说了下她和路明假离婚的事儿。

老大姐人是个好人，也是个热心肠，听她絮絮叨叨地说完。老大姐说："妹子，我听懂了，就是人家假戏真做了么。现在这社会啊，真是复杂。"说完唉声叹气，算是对她的一种宽慰。

陈玲说："大姐，我冤啊！人家已经结婚了，还娶了个小的。说不定哪天人家回来就要抢房子、抢孩子来了。"陈玲说着说着，就又呜呜地啜泣起来，她已经不知道自己流了多少泪。去法院告，还是街道办的老大姐给她出的主意。

到了钟楼，代写诉状的人一字儿排开，坐在邮政大厦的台阶上。每个人的面前，都摆上了牌子，上面写着"代写诉状"。她找了一个戴着眼镜的老头儿，她心里想，年龄大的人，可能经验能丰富些。她走上前问："我要代写个诉状，多少钱?"

"五百元一份。"老头漫不经心地说道。

"五百块，这么贵。既然来了，就写吧。"她心里嘀咕道。

"能不能再便宜点儿?"她问。

老头儿说："这是行价啊。这一溜儿都是这样，我不能坏了行情。也有便宜点儿的，你看那几个年轻人。"

陈玲瞅了瞅旁边的年轻人，他们的目光游离着，看着让人不踏实。她就在老头儿眼前的马扎凳上坐了下来。老头儿拿出几张大白纸，垫在硬纸板上，拉开代写的架势。

老头扶了扶眼镜，说道："你放心吧，我在司法机关干了十几年哩，就是因为是临时工，单位清退时我回家了，才干起了这个行当。"

陈玲说："哦，知道了。"

老头儿开始了记录，问："原告?"

陈玲说："陈玲。"

老头儿问："出生年月?"

陈玲说："1976年12月30日。农历月份。"

老头儿问："为啥不说公历？"

陈玲说："我出生时，我爸给我上户口时就按农历登记的。"

老头儿问："职业？"

陈玲说："企业职工。"

老头儿问："住所及联系电话？"

陈玲说："这个必须要写详细吗？"老头儿点了点头。陈玲也就一五一十地说，老头儿沙沙沙地写在纸上。

老头儿又问："被告？"

陈玲说："路明。"

老头儿问："关系？"

陈玲说："夫妻。我们是假离婚。"

老头儿抬头，说："啥叫假离婚？"

陈玲说："我们夫妻感情没破裂。为了买房子才办了假离婚手续。"

老头儿又反问："假离婚？在西大天桥底下办的假本本？"

陈玲这才想起，西大天桥底下，春夏秋冬都盘踞着一群外地的男女，每当有人路过时，他们就凑过来问，办证不？听说啥证都能办，只要交钱。毕业证、结婚证、职称证、残疾证，证证齐全。前些年，在大街小巷里，电线杆上、楼房外墙上，甚至小区入户门上和马路的地面上，都贴满了办假证的小广告，城管部门管一阵儿，就少一阵儿，城管放松了，这些"牛皮癣"就如雨后春笋般，又复苏起来。

回过了思绪，陈玲说："我们是去民政局离婚窗口办的。"

老头儿说:"哦,这是真离婚啊。娃。"

陈玲说:"假的,我们就是为了再买房。"

老头儿一看陈玲的情绪又激动了起来,就不再问真假的问题,继续开始记录。

老头儿问:"年龄?"

陈玲说:"1975年4月28日,公历。"

老头儿问:"职业?"

陈玲说:"外企人员。"

老头儿问:"住所和电话?"

陈玲说:"电话我知道,可是我最近都没打通。现在住在哪里,我也不知道了。反正我没事就去他们单位门口堵,没堵住。"

老头儿说:"哦。"然后一脸茫然。估计这老头儿写了半辈子诉状,还没遇上这样的问题哩。

老头儿继续问:"诉讼请求?"

陈玲说:"我们要复婚。复婚后我再跟他风风光光离一次,我还计划办一次离婚宴会。"

老头儿的嘴巴张得很大,点起了一根烟,燃烧的烟笼罩着老头儿有些沧桑的面目。这时车来车往,街上的人多了起来,许多人都出来散步。还有,已经到了下班时间,三三两两的人从大楼里出来,向远方走去。

陈玲给老头儿又把自己的事儿讲了一遍,老头儿默不作声,只在那几张纸上沙沙地记着。

完了后，老头儿说："你先付三百元吧，三天后来这里取诉状，剩下的二百元到时再付。"

陈玲听到这里，就弯起腰在自己的裤兜里掏钱，并连声说着："谢谢，谢谢。"

2

　　陈玲和路明结婚十三年了，儿子虎头虎脑的，已经满四周岁。当年他们买老房子时，也刚刚结婚，没有多少钱，双方父母都年龄大了，也没有多少存款，给他们小两口鼓不上劲儿。他们两个省吃俭用，结婚后常年避孕，担心有个孩子，那就真的是养不起了。后来也到了要孩子的年龄，陈玲开始要，可是怎么要自己不争气的肚子都瘪瘪的，没有任何动静。陈玲那时候每月最讨厌的是"大姨妈"按时到来，每月的那几天，她的情绪都糟到了极点。啥时候能有个孩子啊？孩子，孩子。甚至到后来，每月例行的那几天，男人路明都显得有些力不从心，她从他的情绪和力量中就能感觉到。

　　要不上孩子，双方的父母催得猴急，觉得到了抱孙子的年龄，自己怀里却空空如也。尤其是母亲，整天在电话里给女儿絮絮叨叨地说个不停。说和你一起读书的谁谁家的闺女，人家的孩子都在村子里骑着小自行车乱跑呢，你把我这老婆子还当小伙子哩，是不是啊。说完就是一阵长叹。陈玲的母亲以为这两个年轻人不着急，还从甘肃的老家来过几次，每次来美其名曰：督战。母亲每次来，老公路明都很晚才回家里来，回来了倒头就睡，有那么特殊的几天，陈玲觉得排卵期到了，腻歪着老公同房。路明挠挠头，说："咱妈在，家里多了一个人，我可不敢啊。"

那天，丈母娘还和路明好好地聊了一次。

丈母娘说："娃呀，该到要孩子的时候了。"

路明挠挠头，说："是，我们一直在努力着。"

丈母娘说："要好好努力。你俩结婚都这些年了，没娃家里空荡荡的。你俩忙，有孩子了我来给你带。"

路明小鸡啄米般点头，说："好，好。我们抓紧。"

丈母娘待了几天，她这次来不仅仅是督战。她从甘肃老家来，坐汽车，坐火车，才到西安。女儿从甘肃老家的那个小山村考大学出来，在西安上学、毕业、工作、结婚，都是一个人在奋斗，家里人也出不上什么力。姑娘结婚买房时，她和老伴儿商量着本来要给添钱，姑娘硬生生地一分都不要。姑娘知道她家里的情况，她能拿出来的也是杯水车薪。

女儿那年考上了西安的大学，虽然大学不是很有名气，但是姑娘也算跳出农门了。姑娘拿到大学录取通知书的那天，高兴得合不拢嘴。她家里穷，像姑娘这么大年龄的女孩子，早早地都辍了学，出去打上几年工，回来找个人就嫁了。结婚生子，再打工。平凡的日子就这样周而复始着。

村里经常有人说，她个不识字的农民图个啥呢，姑娘家最终都是别人家的人，上不上大学有啥用呢。可是她不这样认为，她吃了没有念过书的亏，她不想让自己的姑娘再步她的后尘。姑娘上大学那年，和姑娘同龄的女孩子，大多都已经早早地抱上了孩子。她心想，要娃早有啥好，让娃读书才是最正经的事儿。

住在路明家的这些天，其实岳母还暗暗地观察着女儿和女婿的一举一动，这是她来时，姑娘她爸交代的。她爸交代说："老婆子，你去了看看两个娃们家，是工作忙还是感情不好啊？人家抱个孙子，咋就像母猪下猪娃，说有就有了。玲玲他们难道要生大象不行？"

老太太给老汉翻了个白眼，说："你咋说话哩？"

陈玲她爸说："我难道说得不对？你看人家村里的那几个女子，刚嫁出去没多久，就挺着大肚子了呀。"

陈玲她爸一儿一女，姑娘大，儿子小，儿子那时候不好好上学，就去了新疆，现在新疆开了个给汽车补胎的门市部，听说生意还好。女儿上了个大学出来，找女婿倒没咋发愁，这是姑娘自己的事儿，他们不知道外面的世界，自由恋爱，选谁他们都没意见。

可是姑娘结婚几年了，老是没有动静，每次姑娘给他们打电话，他的话到了嘴边，都咽了下去。这事儿他问不成啊，只有打发老婆子来看个究竟了。

陈玲她妈来，看不出来女儿和女婿之间有什么不合，看着小夫妻俩黏糊着呢。可是为什么就没有动静呢？陈玲她爸心里更是急得发毛，在地里干活时，干着干着就蹲在地畔上抽烟，每次点上烟就想起女儿——可能是儿子出门早，人家现在正常着哩，过段时间小孙孙还给他用手机视频哩。女儿每次电话里他都基本上不太说话，只有老婆子和女儿有说不完的家长里短。他心想，姑娘还是跟妈妈亲啊。可是他，更怜爱自己的姑娘。

母亲回去的那天，陈玲去火车站送。本来要坐高铁的，母亲嫌票价太贵，即使到了兰州，还得在兰州市住上一夜，才能赶上回家的客车。所以后来选择了普通列车。母亲在火车上睡一觉，火车就呜呜地到了兰州，下了火车正好是早上七点半。出站后，对面就是汽车站，这样还方便。

在去火车站的路上，母亲又再三交代。

"闺女啊，要不行就去医院看看？"母亲说。

陈玲笑，说："看啥呀？"

母亲说："你说看啥呀，听说你们这有个啥医大很好。"

陈玲靠在母亲肩头，像小时候一样。她说："妈呀，你咋啥都知道哩？"

母亲说："哎，瓜女子。我是你妈哩。"

陈玲说："谁给你说四医大能看？"

母亲说："咱们老家人，实在扛不住的病，去了兰州，人家不收留了，最后都转院到那里了。最多住上个一月半月，就都好端端地回来了。那么大的病人家都能治，还治不了你哩。"

陈玲给母亲撒娇，向母亲怀里钻，说："我好着哩。"

母亲又说："啥叫好着哩，让你的肚皮告诉你。你这娃咋还不相信'狼是个麻的呢'。"

陈玲笑。她笑母亲说"狼是个麻的呢"这句话，这句话她自从离开老家就再也没听过，今天听母亲说出来，感觉特别亲切。

母亲还说："你回去和路明商量下，你们都去医院看看。"

陈玲说："妈呀，万一我有问题，人家不要你女子了咋办？"

她是开玩笑说，可是母亲当真了。母亲突然扭过脸盯着她看，说："你说啥，你已经去过了？"

陈玲就哈哈大笑。母亲紧张的表情才慢慢松弛下来。

到了火车站，还有四十多分钟才开始检票。陈玲就拉着母亲在火车站对面的商城里转。商城里一楼都是些化妆品和金银首饰啥的，她们去了老凤祥，她想给母亲买一对金耳环。

母亲说："来逛这干啥呢？"

陈玲说："看看不行么，火车不是还早么。"

母亲就不再言语。她就拉着母亲试耳环。

每试一对儿，她都拿过镜子，让母亲看看好看不。母亲是天生的美人坯子，只是农村的时光让母亲的面庞上多了皱纹和风霜。

试完了，她问母亲哪对儿好看，母亲说："我就试试，我回去了也没空儿戴。"

陈玲过去就付了款，气得母亲拉着她就要走。给母亲买了耳环，她就笑嘻嘻地拉着母亲，说："走，走。赶火车去。"

送走了母亲，陈玲在回家的公交车上，想着还真是得去医院检查啊。她和老公都努力了快一年了，老公经常加班，夫妻生活不是没有，而是少了些。掐指算算，一月还有三四次哩。这几年，老公对这羞羞的事儿兴趣不是很高，总感觉有些力不从心。有时候，她就特别想，看着老公拖着疲惫的身体从单位回来，死猪一般地倒在床上呼呼大睡，连牙也不刷，脚也不洗，就更别说想那事儿了。

回到家，老公又开电脑视频会议，好像是在聊什么产品解决方案。工科出身的男人，工作内容她基本上听不懂。老公看她回来，眼睛瞅着她，指了指手机，意思是在开会，要轻手轻脚。这样的事情他们结婚这些年经历过了不少次。但是尴尬的是，有次老公躺在沙发上视频电话，她不知道，进门换了鞋子，娇滴滴地跑了过去，说："老公，抱抱。"一下子就坐在了老公的身上。她穿着睡衣出现在老公公司视频镜头里，大家哈哈直笑。老公把她向一旁推，她还向前凑，不知道有多尴尬。

后来老公说："媳妇，你的人都丢到国外去了。"

她笑着。老公继续说："我非洲那些同事没事就说，老公，抱抱。那些人一年也见不上媳妇几面，在非洲那些国家做项目，常年就跟和尚一般。"

她就哈哈大笑。

老公说:"你还不信。我们同事说,三年不见自己的女人,见个老母猪都想上去抱着亲一口。"

她过去打老公,拳头在老公的背上打。没想到的是,老公一把把自己抱起来,抱进了房间。她从来没有想过,老公会这样。她的衣服三下五除二地就被剥光。甚至没有多少前戏,就进入了自己的身体。她突然感觉到,老公回到了他们最初的时光。那时候他们关系刚刚确定,老公甚至有些贪婪,让她对男女之事渐渐谙熟,然后轻车熟路。

陈玲突然笑了,她想起了自己傻傻的初高中时代。她和男孩子都不敢说话,她认为和男孩子一拉手就会怀孕,然后就会生个宝宝出来。母亲曾经说过,人生人,吓死人。她现在突然对这个吓死人的场景想了许多画面。

老公从她身体上下来,喘着粗气,呼吸热浪般在她耳边弥漫。

3

路明是当地县上的人，当年电子科技大学的学生。他和陈玲认识，是在长安深夜的大街上。他那时候有夜跑的习惯，常常是在夜晚，一个人出来围绕着创新大道跑步，这是他的爱好。当他那晚跑着时，遇见陈玲一个人推着自行车慢慢悠悠地走着，脸上好像刚哭过一样。跑近一看，是个大学生模样的女孩儿。破旧的自行车上挂着一个劣质的小包，自行车的链条断了，无法骑着走。女孩儿穿着一身不合时尚的衣服，一头短发被小雨淋得贴在了额头，但是掩饰不住一双扑闪的大眼睛，似两块闪光的蓝宝石般，眸子里透闪着光亮。

路明站在了陈玲旁，问："同学，自行车坏了吗？"

陈玲一见是陌生人，只是点了点头。他就陪着，沿着创新大道一直向南。

"你是附近学校的学生吗?"路明问。

陈玲说:"嗯,财院的。"正好和路明顺路。

路明说:"一个女孩子家,咋这会儿才回来?"

陈玲说:"带了家教。回来走得急,自行车链条就断了。"

两个人就走着,直到陈玲推着自行车走进了学校的南门。

路明回到了宿舍,先是端着盆子去公共卫生间洗了凉水澡。冲完了澡,回到宿舍,几个舍友已经呼呼地睡了。那夜,路明失眠了,他沉积多年的荷尔蒙如火山喷发般,在心中风起云涌。他躺在床上恨自己,没有要陈玲的电话。大学城里几十万名学生,只知道陈玲是财院的,啥专业?哪一级?都是满脑子的空白。

到了后半夜,路明才睡着,还做了一个梦。梦见那个裙裾飘飘的女孩,身材窈窕,一头乌黑的头发淋上了湿湿的雨露,自己多么想用手给她擦一下,可是当自己要伸手时,他又醒了,躺在自己的床上。他笑笑,心里想自己是爱上了这个女孩。他觉得自己成熟得太晚,身边也有同学在学校里恋爱,一起吃饭,一起学习,晚上在校园里卿卿我我,享受着爱情的甜蜜。而自己,只有学习、打球、夜跑,身体健壮得如头犍牛。

路明还是坚持着夜跑,他其实这段时间已经对夜跑有些乏力。他是想要在这条路上遇见自己已经情不自控的心上人,他感情的闸门为什么一下子打开,且无法阻挡,连自己也没有想明白。等了一个多月,他终于等到了那个已经回味了许多遍的身影。

路明跑上去，哈喽地打着招呼。

陈玲说："怎么又是你？冬天里还跑步啊！"

路明嘿嘿一笑，说："跑，跑。"

陈玲从自行车上下来，就推着走。路明就陪着，屁颠屁颠地，又沿着那条熟悉的路向前走。走到了财院的门口，两个年轻的保安正在门口站着值守。

陈玲说："那我走啦。"

路明说："咳，咱们都见了两次了。还不知道你名字和电话呢。"

陈玲想了想，也是啊。这个高高的男生，看着也不是什么坏人，甚至从他火热的目光里还能读出满满的真诚，就把自己的电话给说了下。

路明从束在腰上的小包里掏出小本，记了电话，还给陈玲留了电话，他有事没事地用BP机发个信息，早上问早安，午间问午安，到了晚上睡觉前还要发晚安二字，每天不断。他知道陈玲在外面兼职做家教，还经常叮嘱着让她骑自行车慢点。

有天晚上他跑步回来，听宿舍的伙计们说，在大学城的学府大道上，有个年轻的女孩骑着自行车，被一辆雪佛兰克鲁兹小轿车撞倒。肇事车逃逸后，警方勘查现场发现受害人的左腿骨折、后脑磕伤，意识有些模糊，被120急救车拉着警报送到了医院。

伙计的话还没说完，路明疯了似的问："你见了没，那女的长的啥样子，长头发还是短头发？"

伙计回答："没有见，刚进大门时保安说的。"

他一转身，向宿舍楼下冲去。一口气跑到南门口，问保安："你刚才见有人被车撞了？"

保安答："是啊，被120拉走了。是个长头发。"

路明就掏出电话，着急地拨打陈玲的电话。电话里头，传来一口标准的提示语："您所拨打的电话无法接通，请稍候再拨。"他连续不断地拨，还是那句丝毫没有感情的提示语。

他疯了，他联系不上陈玲。会不会是陈玲呢？路明越想越急，团团转着不知道怎么才好。他突然想起，自己的一个姑姑在市中心医院，就给姑姑打电话。

电话打了一遍，没有人接。他又打，姑姑接了。

"喂，姑姑是我，路明。"

姑姑说："娃，你咋了？慢慢说。"

路明说："姑姑，您帮我打听个事儿。我们学校附近的财院门口出了交通事故，听说有一个女孩受伤了，您能帮我打听下，拉到哪个医院去了？我担心是我同学。"

路明着急地给姑姑说完，姑姑说："哦，这样啊。我们这里不好查。"路明的姑姑在住院部，没有在120急救中心，何况这么大的城市，市里的医院都排到第十五个了。但是从距离来说，只有高新医院、第九医院距离交通事故发生的地方近一些。他知道，一般120指挥中心都安排距离发生事故最近的医院去抢救了。

姑姑挂了电话，让他等消息。他就又开始给陈玲拨打起了电话，还是无法接通。

姑姑通过别人查了下，在路明说的那个时间点，只有第九医院接到了两个因为交通事故送来的病人。两个人都是女性，年龄都不到三十岁。其中一个说是那条街上卖麻辣烫的服务员，伤得有点重。另外一个呢，一无所知。路明有些垂头丧气，他都想把手机扔了。可是他又紧紧地抱着电话，恨不得电话马上就嘟嘟地响起来。

直到晚上十一点多，盼星星，盼月亮，盼来了陈玲发来的短信，只有短短几个字：你打电话了？晚上家教的人家没人，让我在家陪着孩子。

路明估计陈玲不方便接电话，也回了短信：好的，晚安。陈玲不知道，路明今晚跟疯了一样。路明的心里，陈玲已经成了全部。

后来陈玲说，她带的那个女孩子的父亲吴光明，在省国资委工作，经常出差，孩子的母亲也是个大忙人。有时候家里没人时，她就给孩子辅导作业，然后女孩晚上就搂着她的脖子睡觉，一点儿代沟都没有，把她当成了大姐姐。

圣诞节了，长安的大街上异常地热闹。以钟楼为轴心的东南西北街更是被男男女女围得水泄不通。雪花、烛光、火鸡、礼物这些似乎和圣诞节密切相关，圣诞节对于更多的中国人来说，只不过是一个疯玩的借口。欢乐无国界，洁白的雪花、美丽的圣诞树、丰盛的大餐、精彩的礼物……这些浪漫的元素赋予平常的日子童话般的想象，五光十色的璀璨街灯在路旁闪耀，鳞次栉比的圣诞树临街而立。路明和宿舍的伙计们在夜晚进城，而且还是节日里，他见识了城市夜晚的美。

路明宿舍的四个大老爷们儿，还有陈玲，坐在落地的玻璃大窗前，守着西安璀璨的夜晚灯光。其实在没遇上陈玲之前，他们的大学生活异常单调，每逢聚餐，一件件的啤酒都被喝成了底朝天。遇上陈玲，路边缠绵的情侣不再变得刺眼，空气里都是醉人的气息。他们和陈玲喝酒、聊天，一次次地觥筹交错。陈玲是个性格开朗的女孩，而且也不怯生，她不喝酒，一听冰峰一直喝到底。陈玲是个左手女孩，也就是常常说的"左撇子"。这是路明最早发现的，所以他的目光就转到了她的左手上。路明在看着陈玲左手的时候，突然想起了妈妈那时说的话，习惯用左手使用筷子的人聪明。所以他把陈玲和聪明这个词联系在了一起。他看着陈玲灵活的左手，看着她传神的眼睛，突然话多了起来，目光就异常地温暖。他心里想，今天这个日子是不平凡的，是值得记忆的。晚上从酒吧出来，伙计们齐声说了声祝你好运之后，就坐上了出租车，绝尘而去。路明和陈玲在南大街漫无目的地走着，其实他想拉她的手，因为他看着她修长的手指在风中吹着，心疼。何况她穿得很是单薄。

路明问："你饿不？"

陈玲说："还行。"

然后他们就去了"雅泰来"，要了两份牛排，他看着陈玲用左手拿着餐刀，一点一点地把牛排切开，右手持餐叉向口里送的情景，心里很是幸福。其实在陈玲专心致志地吃牛排的时候，路明也试着用左手在黑胡椒牛排上一点点地切，可是费了好大劲儿，连一丁点也没弄下来。

他们吃完了出来，大街上的人也没有了多少。路边的黑车司机喊着："郭杜，二十。"一遍遍地喊着拉客。没有了公交，回学校只有坐黑车了。说是黑车，是用出租车来做比较的。这些城中村的闲人每天就来回用私家车跑着，拉客送人，生意还异常火爆。

路明和陈玲坐在车上，车子在夜晚的路上跑得飞快。路明感觉陈玲有些紧张，他们俩靠在后排座上，紧紧地把手拉在了一起。回到宿舍，路明想在网上查下关于左撇子的优点。他在网络第一大搜索引擎里看到：研究显示，习惯使用左手的人比使用右手的人智商要高，每五个杰出人士中就有一个左撇子。在具有超感能力的人中，很多是左撇子。曾经被认为是一种缺陷的左撇子现在成了天才的象征。古往今来，多少扭转乾坤改变历史的伟大人物都是左撇子，左撇子在当代政治经济生活中的作用比也远远高于他们在人口中的比例：美国前总统克林顿、古巴领导人卡斯特罗、英国女王伊丽莎白二世以及威廉王子；家喻户晓的画家达·芬奇、喜剧演员卓别林、性感女星玛丽莲·梦露；自然科学家爱因斯坦、微软创始人比尔·盖茨，甚至连"恐怖大亨"本·拉登也是左撇子。看到这些，路明兴奋地关了电脑。他强迫自己睡，可是一夜也没睡着，因为心里抹不去的是陈玲的影子。他突然变得恨起了陈玲，她为什么出现得这么晚，且让他久不能寐。宿舍的伙计们还没有回来，路明就给他们打电话，问他们干什么呢。他们说："对不起，我们三个在喝酒，你慢慢陪陈玲吧，经过我们举手表决，你已经被我们逐出了单身的圈子，是不是改天在你不忙的时候举行个告别单身的仪式。"

路明心里骂道："啊呸，我和陈玲是纯洁的，陈玲并不知道我喜欢她，且喜欢得有点痴狂。我并不猴急，只不过是她占据了我的心，占据了我心底的一切。"陈玲和路明吃完了牛排，路明抢着去吧台付了账。在飞快的车上，他拉着陈玲的手，是的，他紧紧地攥着。陈玲酥软的小手烫烫的，他听到了她心跳的声音。路明没有当着她的面说喜欢她，其实他真的喜欢她，可是他担心她的矜持或者当面拒绝。拒绝一个人说不定也可以给她幸福，因为这个世界上总有一个人适合她。路明也担心他失去陈玲，这样匆匆地认识不久又匆匆地离开，对他来说回忆就是一种毒药，虽然好喝，但是会让他的心在千刀万剐中死去。那样的伤口没有一个人能够治疗。

临近元旦了，姑姑给了路明两张郎朗音乐会的门票，在北郊的城市运动体育馆。他不懂音乐，也不懂钢琴，可是郎朗是个大红大紫的艺人，他想去目睹下艺人的风采。

路明给陈玲打电话，说："哈喽，周末你有空没？"

陈玲想了想，说："周末家教放假，不补课。"

路明高兴得差点跳起来，电话也差点掉在地上。他和陈玲相约着在大学城文化广场碰面，然后一起去了体育馆。他知道陈玲懂音乐，是个才女，歌喉那么美。刚通过检票口，电话在兜里振动了起来，路明一看是宿舍的伙计。

伙计问："你在哪里呢？"

路明说："我在体育馆看郎朗音乐会。"

电话那头，哦哦了几声，说："你慢慢看吧。"路明说："你来不？"其实他只有两张票，可是他还是问了伙计。伙计说："你慢慢浪漫吧，再牛的肖邦，都弹不出老子的悲伤。"说完后就挂了电话。

陈玲说，上半场演奏了几首中国风格的钢琴曲《平湖秋月》《彩云追月》，奏鸣曲《热情》，贝多芬的奏鸣曲，还有郎朗的表演，特别地富有感染力，每一首乐曲都表现得淋漓尽致，手指在琴键上飞舞，她深深被郎朗精湛的技艺所折服。那么高难度的乐曲，在他的手下，变得轻松自如。

陈玲说着这些话的时候，路明的脸没有红，但是心还是依旧滚烫着，他心里深深地感激着姑姑，能给这次让陈玲欣赏高雅艺术的机会。说实话，两个多小时中，他没有听懂一首曲子，他是个没文艺细胞的理工男，更是五音不全，他也不知道初中时怎样地做了三年文体委员。

陈玲的双手逃脱了他已经握得发热的大手，在空中比画着音乐会指挥的动作，说："没白来，真的没白来，我爱死郎朗了。"路明一直看着陈玲的手势在冬天的夜空中柔柔地划，比那个叫杨什么的指挥动作更加优美。毕业后的后来，陈玲说，她之所以跟路明好，就是路明对她好，无条件地好，没有索取地好。他能在风雪交加的夜里，义无反顾地骑着烂得就铃铛不响其他都哐哐作响的自行车，在深夜里穿行十公里给她送药，虽然她住的楼下就有医药超市。天一直下雪，他那夜骑着自行车，准确说自行车骑着他，在大雪中跑到陈玲的住处时，她发烧的额头令他心疼。他给她服药，她一天没吃饭，他给她煮稀饭，看着她一口口地咽下，他是多么地想这样看着她一辈子。他给陈玲盖上被子，看着她静静地睡去，他一直坐在床边的小屁墩凳子上看着她，时不时用手笨拙地摸摸她的额头。她觉得他像爸爸，像大哥哥，又像一个丈夫。其实这是每个男人都能做到的，当陈玲第二天醒过来时，路明在床沿上睡着了，且睡得很香。他醒来时，他身上披着陈玲的大衣，他就说他就奇怪夜里咋没有一丝冷意，虽然质量不是很好的皮鞋里灌满着雪。

陈玲的感冒好了，好得是那么地快。陈玲说："路明我爱你，虽然我是个慢热型的人，但是我还是感觉你是个好男人。"陈玲说这些话的时候，泪眼婆娑。从这一刻起，陈玲成了路明的女友。其实自从第一天在创新大道遇上的那晚，陈玲的影子就在路明的脑海里抹不去，也令他久不能眠。他在陈玲那里度过的第一个夜晚，在床沿上；第二个夜晚，他只脱了外衣。陈玲给他端来了洗脚水，他恐惧脱鞋，他担心他的臭脚会把陈玲熏得晕过去，这也可能是虚荣心在作怪。后来在陈玲的再三要求下，路明脱了鞋，可是陈玲要给他洗脚，她的手向盆子里放，他就向出拉；直至第三天晚上，他们还仅仅是紧紧地拥抱，路明的手是安分的，厚厚的被子也掩饰不住他怦怦直跳的心脏。这是他第一次和一个女孩在一张床上，且是他爱的女孩。有人说，心灵中最美的东西，当你一直站在远处欣赏的时候，她一直会很美；当她无距离地接近时，可能你就会发现丑陋的东西在里面。

4

　　陈玲的脑海里，每天放电影般，一幕幕地回忆自己和路明的一切。她决定，要去找路明论理，无论是怎样，她都要找见他。她搭车走在路上，心里又软了下来。她曾经是那么地爱路明，路明也曾经那么地爱她，就过了这几年，为啥都突然变心了呢？人啊，真是个令人捉摸不透的动物。怪不得人常说，人心隔肚皮呢。当人和人相爱的时候，爱情就成了没有隔绝的东西，当人和人翻脸后，就成了这个世界上的陌生人。不仅仅是成了陌生人，还是仇人啊。

　　走在路明公司的门口，保安拦着不让进。

　　"凭啥不让进？"陈玲问。

　　"我们领导说了，没有证件一律不能进。"保安说。

　　陈玲就向里面进，保安说："没有证件一律不能进。"

陈玲还是向里面进，说："我找人。"

保安问："你找谁？"

陈玲说："我找路明。他是我男人。"

保安一笑，说："那你打电话让他下来接你。"

陈玲就打电话，电话一直在占线之中。她没办法，就给保安说："大哥，你就让我进去呗。我找他取个东西就下来。"

保安的衣服扣子歪歪扭扭，还是说不行。

陈玲说："我给你钱，你去买烟抽。"

保安嘿嘿一笑，说："那你得赶快下来。"

给了保安五十块，相当于五个软盒"哈德门"。陈玲走进了那座叫作智联大厦的楼，她原来也来过。有时候忘记带家门上的钥匙，就来找路明取。她知道路明的办公室在七楼的研发部。刚走到七楼楼门口，就看见路明在和大家开会。这次是路明和她办理完离婚手续后，第一次见面。

陈玲站在门口喊："路明，你给我出来！"

她的声音提高了许多分贝。会场突然鸦雀无声，一群男人的目光都刷刷地瞅着她。只是路明的嘴巴张得更大了一些，惊诧地站在那里，一动不动。

他向前走了一步，又退回去坐下。坐下又站起来。

陈玲继续喊："路明，你给我出来！"

同事们都看着路明，路明才慢慢地走出来，有些生气。

路明说："谁让你上来的？"就开始训斥前台的姑娘。

前台的姑娘说："保安说这女的找您，说是您爱人，找您有急事，就上来了。"

路明又喝道："我不认识她。让保安赶快带走。"

前台的姑娘低着头，就连忙拨打着内线电话。

上来的不是那个收了她烟钱的保安，是个瘦子，瘦得跟猴儿一般，歪着嘴，骂骂咧咧，要把陈玲扭送到安保室，再接受处理。

保安拉着陈玲的衣袖，说："赶快走，赶快走。"

陈玲甩开了保安的脏手，说："我会走。"

她用眼睛瞪着路明说："我在法院等你。"

楼道里的人听见有人吵闹，就都探出头来。路明在会议室门口站着，向她鞠了一躬。路明原来也这么做，他惹她生气时，就常常调皮地站在她跟前，弯腰鞠躬。她就骂他："你咋跟个小日本一样。"自己也就不再生气了。

可是刚才，路明鞠的那一躬，陈玲就觉得是那么地虚伪和恶心。你路明有什么担惊受怕的，你当年口口声声地说离婚就是为了给我买大房子，为了让我和儿子享受更好的生活。可是，可是呢？婚是假离了，可是你的戏真演了。离婚没多久，你就夏天的天气般变了脸，把我和孩子抛到了九霄云外，自己娶了个小狐狸精疯狂去了。你的良心呢？你骗人时眼都不眨一下。孩子经常问爸爸去了哪里？我还给孩子说爸爸被公司派到了国外做项目。国外你也去过，非洲北美你出差不是一次两次，哪一次出去还不蹲上个三五个月，让我在家里带孩子，守活寡。你那时候常常在越洋电话里给我讲新女性的三从四德，说你在外面吃不惯饭，工地能晒死人，说不定自己回来就变成了黑煤球，你不要嫌弃云云。

陈玲知道老公不易，她心疼他。她知道老公是个正常的男人，一个正常的男人肯定有自己本能的需求啊，这是最正常不过的事情。路明出差期间，她的身体也有那么一丝丝渴望。那天孩子睡了，她还在网上查了下。

有人发帖问："已结婚、已同居的男女们，你们性生活是否像书中描述人们的生活处处美好那样完美和谐？"

"未婚单身男女有性需求么？男男女女们不要害羞，大胆说出来！人有爱，才有性。生命才得以延续下去……"

看完这个帖子，她突然觉得自己变成了一个坏女人，羞羞的坏女人。后面跟帖的人很多，已经盖起了高楼。

有人说："不管怎样，长期的性压抑会影响身心健康。使男人心理变得自卑，缺少自信。使女人敏感多疑，尖酸刻薄。"

有人说："先有爱，再有性，不赞成没有性的爱情，当然也不反对先有性后有爱。"

有人说："人的需求是分层次的，温饱是最基础的，安全感、性这些都基于温饱基础之上。"

还有人说："谁人的新欢不是他人的旧爱。"

可是，当年啊，她和路明都是彼此的新欢。而如今，路明和她都是彼此的旧爱。

从路明的办公楼上下来，阳光灿烂，让人睁不开眼。陈玲决定继续去找凌解放，虽然她已经去过了好多次。凌解放还是那个凌解放，忙的时候说她几句，她就走了，觉得自己就是个上访户。闲下来时，凌解放就会点起一根烟，给她宽宽心。连她现在进区法院的大门，门卫都不再拦她。

走进凌解放办公室，他没有开庭审，正在办公室坐着看卷宗。

"来了？"凌解放说。

陈玲说："来了。"

"唉，忙死个人。"凌解放说完，又低下头。

陈玲以女人的直觉，感觉凌解放有心事。她来了这么多次，知道凌解放是个吃软不吃硬的人。

陈玲就笑眯眯地说："嫂子又和你吵架了？"她的这句话，又把凌解放丢失的精神气儿拉回来。

他说："娃念书不好也怪我，家里没人交物业费也怪我。他亲戚家娃考上大学升学宴没随礼也怪我。你说我难不难？"

陈玲想笑，却把脸上的笑容散去了，她知道凌解放昨晚回家肯定是又和老婆吵架了，且生了一夜气。

陈玲宽慰着说："小时候，我爷爷说，男人的男，就是田和力组成的，也就是说男人就是在田地里出力流汗嘛。"

话说完，凌解放嘿嘿地笑，两排抽烟的黑牙一览无余。

陈玲又说："你看我们女人，女子在一起就是个好字。"

凌解放又笑，说："你们女子要感谢仓颉呢。他老人家造字时用心了，连森林里野兽的脚印都研究出了汉字。"

陈玲说："仓颉老人想得对。可是我作为女人难啊。你要帮帮我。"

凌解放沉思了一会儿，说："我给你介绍一个人，你去找。"他说着就拿起电话给西南派出所所长王志敏打了电话，把陈玲见面的时间约到了下午。

陈玲去了派出所，见了王所长。王所长听了陈玲来来回回说了她和路明假离婚的事情。

王志敏听完，说："你们这是真离婚啊。"

陈玲说："假离婚，就是为了买房。他为了给我们娘俩买房。"

王志敏说："房呢？"

陈玲说："新房他和那个狐狸精住着。"

王志敏问："狐狸精是谁？"

陈玲生气地说："就是他们单位那个大胸的女人，能勾魂。"

王志敏笑了，说："路明已经结婚了？"

陈玲回答："结了，不知道啥时候眉来眼去就好上了。"

每天来派出所办户籍的人很多，都是离婚后来变更户口的。现在政策好了，城区内户口可以随意流动，只要有固定住所，都可办理。

王志敏想起了一件事儿，又笑。

陈玲问："你又笑啥？"

王志敏说："前几天，有个老汉跟他儿媳妇结婚了。"

陈玲说："还有这事儿？"

王志敏说："我也见得不多。"

原来是王所长管辖的城中村要拆迁，村民疯了一般地离婚，各自办理户口本。那人的儿子离法定结婚年龄还差两年，可是女朋友已经处了好几年，生米都做成熟饭了。先是那人和自己的老婆离了婚，然后又和自己的儿媳妇办理了结婚手续和户口。这样自己的家里，多分出了一个独立户，还多了一口人。自然在村子拆迁时就能多分一份儿钱。

　　陈玲说："想钱想疯了。这不是跟过去皇上一样了。"

　　王志敏说："婚姻自由啊。我们明明知道违背伦理，但是没办法。"

　　听王所长讲完，陈玲又说："我的事情咋办？"

　　王志敏说："目前看来没办法啊。法律规定，婚姻自由。"

　　陈玲还拿出她和路明去办理离婚手续时，两人的离婚协议。协议上说，原来的房子归陈玲，房贷也归她还。儿子归她抚养，但是没说男方定时给抚养费。

　　王志敏说："你这协议有问题啊。"

　　陈玲说："啥问题？"

　　王志敏说："你儿子的抚养费啊，他要承担一半的。"

　　陈玲说："我们是假离婚啊。"

　　王志敏说："假戏真演啊，就变成了真戏了。"

　　陈玲说："假戏，真的是假戏。谁知道他为啥就真演了。"

　　王志敏说："你得让他给你按月支付娃的抚养费。"

　　陈玲说："咋办？他不见我。更谈不上娃的抚养费了。"

　　王志敏说："告他。区法院不行，就中院，中院不行还有高院呢。"

陈玲说："当然啊，我就是要告，直到告出结果。"

王志敏说："我支持你。"

陈玲说："那你帮我把路明找来，我要告他，他不出庭咋办。"

王志敏说："放心，凌解放是我师兄，我让他发传票，传票路明拒收，法院也会缺席判决。"

陈玲想，人这一辈子，总是要和各种事情打交道，法院也不例外，不管是原告或者被告，都会和法院牵扯到关系。他路明不按照法院的传票出庭，法院又不会等他，他等来的就是缺席判决，他也不做任何辩护，法院就会根据她的证据和说辞直接判决，她很有可能就胜利。

想到这里，她觉得自己很有机会胜诉，就连声说了几个谢谢，告别了王所长。

回来躺在床上，陈玲想，还是得尽快催促着凌解放立案开庭，如果凌解放不在，陈爱国也行，反正他们两个必须定这事儿。她看着儿子在台灯下做家庭作业，是那么认真，儿子都这么大了，确实也懂事了。她这样做，就是觉得心里堵得慌。当年大学毕业，去了那家国企工作，虽然是省国资委吴光明安排的，她记着人家的好，但是她也很是争气，从一个刚入职的新手到单位的中层经理，她用自己农村人的那种吃苦的干劲儿，把她市场营销专业的知识用得淋漓尽致。

和路明结婚后，那个挨刀的理工男也是很忙，自己的家庭她就细心地经营着。她又想起了要孩子的那个艰难的过程。先是她自己偷偷跑到市上的妇产科医院，验血、超声波扫描、输卵管通畅试验、子宫输卵管造影、腹腔镜检查、子宫镜检查、子宫内膜活检、基础体温测定这些检查都一一地做了一遍，直到医院的检查结果出来，她战战兢兢地站到大夫面前，确认都正常才放下了心。

回家后，她就催促着路明也去检查下。路明说："我壮得跟牛似的，你不是每次都嫌我房事的时候，时间太长么。"她气得踢路明，不让他再说。

后来路明也去了医院，去的是军医大学生殖中心。用了一大早上时间，验血，查精液量、颜色、黏稠度、液化情况、pH值及精子密度、活动率、形态等等，按照医生开的一沓儿单子。检查结果出来，医生说精子活动率有点低，有感染。

医生问："你房事正常不？"

路明挠了挠头说："一般都正常。"医生跟他讲，成年男子长期禁欲就会出现密度高、死精多的现象，太长时间禁欲可能会导致不孕不育。还有，生殖泌尿系统的感染，也会出现柠檬酸、果糖的减少和pH值升高，这些都会影响到小蝌蚪千军万马过独木桥。还有，要改变不良的生活习惯，如抽烟酗酒，少吃高油高脂肪食品等等。

听医生说完，路明才找到了原因。自己经常出差，一出去就是半月以上。他们这个行当，可能是生活不规律占了上风，包括夫妻生活。路明的同事们都和网上说的一样，戴着一副黑框眼镜，手上拎着自己的电脑包，衣着以休闲装为主，极少西服，穿不惯皮鞋，早上起床基本不照镜子，不喷香水，喜欢钻研技术，经常加班，性格比较宅，不懂浪漫。嗯，最重要的是工资比较高。路明也就凭着自己的工资高，在家里能偷懒的家务，都与自己无关，甚至是洗自己的臭袜子，穿了几天的内裤。

5

陈玲一直在想，凌解放为什么不给自己立案。渎职？懒政？索贿？这些好像都不是。她上次去，又把自己推给了派出所的王所长。凌解放和王所长是师兄弟，关系好。她想，只有处理好他们之间的关系，才能一起把这事儿办了吧。

要查封路明的资产，需要凌解放。

要调查路明的行踪，需要王所长。

等等。这两个人都是不敢惹的人。她想，这么多年，自己已经走上了这条路，可至今还没有个结果。

放弃吧，车已经拉到了半坡上，再不使点劲儿，自己就会人车俱毁。

前进吧，前面的路漫漫。只有继续前进，哪怕人车俱毁自己也心甘情愿。

陈玲又去了一趟法院。她这次去，说是快过节了，给凌解放带了两千元的购物卡。卡是钟楼商圈最驰名的世纪银花商场。陈玲还给陈爱国带了一张，是一千元的，她还给派出所的王所长也带了，只是还没有时间去他那里。她敲门进去。

"凌处长，忙着呢?"陈玲说。

凌解放说:"嗯，看案卷，有开庭哩。"

她见四周没人，就把购物卡塞进了凌解放的黑皮本子里。

凌解放说:"干啥哩?"

陈玲说:"一点小心意。快过节了。"

凌解放说:"啥节?"

陈玲说:"春节么。"

"哦，又过春节了呀。"凌解放自言自语地说道。

陈玲又问:"凌处长，我的啥时候开庭哩?"

凌解放:"快了，年后。年前案子挤堆堆哩。"

陈玲觉得自己熬出了结果。她要的就是法院说句公道话。他们是假离婚。还有孩子的抚养费，还是派出所王志敏所长说的。这么多年了，路明他自己的儿子都不要了，也从来没看过孩子，更谈不上抚养费了。这种人自己是当年吃了迷魂药，鬼迷心窍才跟他结婚的。

晚上她自己躺在床上，看着儿子熟睡。自己又睡不着，躺在那里刷手机上的新闻。

在当地的青年报客户端上，有这么一则新闻:北上广深离婚率最高，全职妈妈和IT男最容易出轨。新闻说，据当年上半年离婚大数据显示，上半年全国有185万对夫妻离婚，离婚率最高的城市依次为北上广深。离婚的六大原因为：出轨、家暴、性格不合、婆媳不睦、不良嗜好和购房；其中全职妈妈和IT男出轨率最高。

看完了新闻，她心想这社会是咋了么。自己当年就是这大军里的一员啊。路明和那个小妖精缠在一起，还因为购房与自己离了婚。是提前预谋，还是水到渠成？看来她当年是被算计了。

到了春节，自己带孩子回了自己的老家。她好久都没有回去了，自从在这座城市上了学，然后工作，结婚，孩子出生。自己把自己都匆匆地淹没在了日子的婆婆妈妈中去了。老家有个传统的讲究，说如果出嫁女回娘家过年，看到娘家三十晚上的火，娘家来年就不发财，就要受穷，还会破财不兴旺。

陈玲给母亲打电话，说自己要带孩子回来过年。父母高兴得语无伦次，说好好。但母亲说："那你就正月初一再进家门吧。要不你回来人说呢。"陈玲小时候就听过"过一个冬死一个公，过一个年去一石田"这样的说法。虽然农民不像过去，相信什么鬼神，可是传统的东西还是留了下来。

说不过父母，自己也就订了高铁票。保证能在一天内进门。现在的交通条件好了，回家的高铁修通了，回县上的路已经有了高速了。很是方便。可是就是这样，自己好几年都没回来过。母亲断断续续地来过几次，父亲也常常打个电话，她离婚的事儿父母亲也是从不解到接受，从心里难受到缓过神来。

谁家孩子都是父母的心头肉啊，无论大小。就像她自己一样，无论如何，都要把自己的儿子照顾得好好的，也不能让孩子的心头缺了精神气。儿子大了，也知道了自己的爸妈离婚，他的同学中有好几个都是这样的情况。

陈玲又想起了父母那一代的人，说他们有感情吗？结婚时是家长包办的，甚至在结婚前相互都没见过几次，更别说谈个自由恋爱了。结婚后，那时候日子苦，两个人也就吵吵闹闹地过活到了今天，也没见到村里的人谁离了婚。可是现在的年轻人，动辄就去办了离婚手续，而且还很潇洒自如，这不是可怜了孩子么。

回到村里，老家的亲朋好友还是那么温暖而实诚。尤其是她这个当年为数不多的女大学生，还把家安置在了大城市里，受到了大家的格外照顾。父母亲忙前忙后，变着花样儿做着饭菜，儿子如掌上明珠般，被爷爷奶奶宠爱。当年上高中时宿舍里几个要好的姐妹，还在县城的餐馆里聚了一顿。宿舍里住了八个人，有的念到高一高二，就回了家。有的后来上了师范，现在在村镇上做了教师，和陈玲一样学习的，当年考上了当地的理工大学，回来在县工业局做了干部，现在已经是工信科副科长。

县城的日子舒适而安逸。这是陈玲在聚会中最大的收获。几个女人都没有带孩子，都说跟自己的老公请了假。老同学从大城市好不容易回来了，今晚要聊到地老天荒，纷纷到了县城里的"聚贤阁"饭店。一见面，都上去拥抱着不放开。想想都二十年了，有几个从毕业就再没有见过。那时候，从每个人没有QQ，到后来都有了手机，再到后来有了微信。宿舍里的老大还给她们拉着一个群，叫"六姐妹"。没有读完高中的那两个，后来去北上广打工，再到后来远嫁他乡，不太联络，感情就慢慢淡了。尤其是人家称她们为大学生，人家自称是修理地球的，好像相互之间就多了一些隔膜。

六姐妹叽叽喳喳地有说不完的话。饭菜上来，都说着不动筷子。先比美，陈玲胜出。老六陈玲当年就是个美人坯子，高中时代身体就发育得鼓鼓囊囊，尤其是这些年生活在城市里，气质超群。老三当了副科长，在县城里大小也是个官。老大说，老三在县城里都可以横着走，当官的都是这样的么。老四评判老大，是乡村最美女教师，学校里的男教师见了都酸溜溜的。老大的乡村最美女教师是上级评选出来的，是实力的象征。老五在镇上的中学教英语，村镇里的家长都知道，她书教得顶呱呱。每评说一个，她们就碰一杯果啤，一饮而尽，乐此不疲。一不留神，就到了饭店打烊的时间，她们还意犹未尽，就去工业局下属的商贸宾馆开了房，直聊到天蒙蒙亮，才三三两两地睡去。

老大和老六陈玲睡在一个被窝。陈玲离婚的事儿只有老大知道，老大和她同病相怜，只是同床异梦，还没有去办那张离婚证而已。老大的老公是生意人，在县城里搞工程。整天在外面混，三五天地混在工地，鱼龙混杂，整天喝得宿醉。

老大说："老六，你离了比我强。"

陈玲说："我想开了，强扭的瓜不甜。"

老大说："我也想去把那张纸办了。"

陈玲说："办吧，让咱们也自由。"

老大的老公是经人介绍的。老大家的家境更差，当年差点上不了学，还是人家掏的钱。毕业后，就嫁给了他。老公对她没有什么感情可言，只是前些年偶尔索要她身体时，显得有点温柔。

老大说："这些年，他已经好久不碰我了。"

陈玲说："咱不让他碰。为啥要给他呢？"

老大说："他是个粗人。就是个泥瓦匠人。这几年有些钱就膨胀了。"

陈玲说："让他自己快活去吧。"

老大说："不是为了孩子，我都想离开这里。出去了也饿不死人。"

陈玲说："不但饿不死，而且还能过得更好。"

说着说着，她们就睡着了。第二天起来，谁也不记得谁说的最后一句话，还相互笑着。外面的冬阳暖暖，爬上了酒店的窗户。

假期快结束了，陈玲带着儿子踏上了回城路途。高铁站人来人往，熙熙攘攘。三五成群的人背着行囊，开始出去务工了。陈玲想，自己当年读书出来，才在西安有了找工作的机会，也有了齐全的社保、住房公积金等福利。这些可怜的父老乡亲，如候鸟般，走向天南海北，到各类工地扛沙子，在高高的脚手架上出卖着力气。到了年底，甚至上访、罢工，才能拿到工钱。没有拿到工钱的人，都无法回家。每当她在城市的街上看着这些人，都觉得是自己的父老乡亲，心头就温暖不已。

初夏，天已经慢慢热了起来。法院通知陈玲准备开庭了，她就急匆匆地去找凌解放。凌解放也长出了一口气。

凌解放说："你告路明是假离婚，不成立。"

陈玲说："我俩就是假离婚，为了买房，你知道。"

凌解放说："我知道，但是你离婚证是真的。"

他接着又说："你们办离婚证前，离婚协议你们都签了字。属于双方无异议。"

陈玲说："离婚是为了买房才办的离婚证。谁知道他是变心了。"

凌解放苦笑着说："这是道德范畴，不在法律范畴里。"

陈玲说："我就是要告他不要脸。要不就这样，判我们离婚无效，我们再办结婚证。最后再风风光光地离一次，反正我自己已经习惯了。"

凌解放说："法律无法判定你们离婚是无效的。"

陈玲说："那我继续反映，继续告。一级一级地告。你管不了，我就去找院长，再去找市长，市长不管我就去北京反映。"

凌解放说："你抬杠是吗？这几年你也不容易，我都知道。但是法律就是法律，这是准绳。"

陈玲说："那你说让我告他啥？分家产？孩子抚养费？"

坐在一旁的陈爱国插话说："你说对了。强求的姻缘不圆。"

陈玲说："谁说我跟他还要过呢？"

陈爱国知道陈玲是个认死理的人，她认准的事情谁也执拗不过。好的是，她这几年的脾气改了一些，可能是和路明离婚这件事儿磨平了她的性子哩。

陈玲问："通知到路明了没？"

陈爱国说："没有，开庭的传票寄出去，被退回来了。"

陈玲说："啊？他远走高飞了？他逃了和尚还能逃得了庙？我一会儿就去找他去。"

凌解放说："你有代理的律师没？"

陈玲说："我还要请律师？"

凌解放说："哦，那我们给你安排法律工作者吧。"

陈玲说："还真要？"

陈爱国又说："要，必须要。"

从法院出来，陈玲就搭车向路明的公司走去，她心里翻江倒海，气不打一处来。你当年多么厉害，骗了我，而今天却成了缩头的乌龟，我就看你能缩到哪天去。

到了路明的单位楼下，进门又成了事儿。幸好的是，还是那个上次收她烟钱的胖子，歪歪扭扭地站在那里，好像天生双腿不一样长。这家伙看见她，说："你找谁？"

"我找路明。"陈玲答。

保安说："你联系让他下来接你。"

陈玲说："他电话打不通，我是他媳妇。"

保安歪着头，嘿嘿地笑着说："我咋没见过你。"

陈玲来了气，说："你难道要查户口呀？"

保安说："保密单位，闲人免进。"

陈玲说："谁是闲人？"

保安又说："公司规定，闲人免进。领导一直就这样交代的。"

陈玲说："你别忘了，我还给你买了烟哩。"

保安往旁边看了看，说："买的啥烟，我咋不记得？"

陈玲不想跟保安磨嘴皮子，这些人就喜欢占点小便宜，小恩小惠。谁给几件半新的衣服，谁给双不穿了的鞋，或者家里用不上的东西，他们总是能用上。路明当年把家里不穿的衣服都给了这些保安，他们来城里打工也不容易，工资也不高，一不小心还会被炒鱿鱼。陈玲本来是同情他们的人，这次又觉得这些人和路明一样，让人憎恨。真是可怜之人必有可恨之处啊。

她就拿起电话，给路明的一个同事打电话，多年前路明带着同事和她一起吃过夜市，他们就相互留了电话。电话通了，同事叫了一声嫂子。

陈玲问："兄弟，你说话方便不？"对方回答说方便。

陈玲又问："路明在单位不？"对方说："嫂子我刚跳槽了，去了中兴通讯，就在我老单位斜对面。"

陈玲和路明的同事庄泽亮在中兴门口的咖啡厅见面。原来庄泽亮前几天刚离职。原来的单位进行改制，改成了大事业部，把原来的技术部门改成了东部事业部、西部事业部等等，把原来在海外的也改成了美国事业部、非洲事业部。庄泽亮要被派到东部事业部任部门副职，在上海。庄泽亮不去，觉得离家远，父母身体也不好，媳妇还在这座城市下面的县里教书。去上海工资待遇高，可是一年只有四次休假的机会。后来和老婆商量了下，就辞了职。庄泽亮在公司是响当当的技术大佬，毕业于成都电子科技大学，博士。路明的公司在改制时，中兴公司的猎头听说他有辞职的想法，就想方设法把他挖走了，工资待遇还比现在好，他就办完了手续，签了离职保密协议，去中兴开辟另一片天地去了。

陈玲问："路明去了哪里？"

庄泽亮一笑，说："嫂子你真想知道？"

陈玲说："想呀。我找他有事儿呢。"

庄泽亮说："去了美国。也是上周刚去。估计也是刚到不久。"

陈玲说："关系还在总部。人去了？"

庄泽亮说："嗯。我老东家的管理模式就是那样。"

陈玲又问："那个狐狸精呢？"

庄泽亮笑，端起的咖啡又放在桌上，说："这个你也要知道？"

陈玲说："当然了。"

庄泽亮说："小冉也去了，她做了路哥的助理。"

陈玲默不作声，手里的纸巾被揉成了个小蛋儿。她突然不知道她和路明的官司咋打了。

庄泽亮又说："嫂子，这么多年了。你俩的事儿，公司的人都知道。上次你来公司闹，领导们都知道了。"

他继续说："嫂子，你听兄弟个劝，事情既然成了这样，大家都慢慢释然下，日子还是要过的。路哥也是个拼命三郎。不成夫妻，也不能成仇人。你和路哥的儿子那么乖。"

陈玲问："他们生孩子没？"

庄泽亮说："生了，没生下来。后来听说再没要。"

陈玲说："啥叫没生下来？"

庄泽亮说："当时小冉怀孕了，三个月后流产了。就这事儿路哥还难受过一阵子呢。"

陈玲说："哦，是这样啊。"

庄泽亮"嗯嗯"地点着头。

告别了庄泽亮，陈玲就跑去找派出所所长王志敏。她要王志敏查查，路明去美国了没。

见了王志敏，他刚要带上东西出门，说是去抓人。有个吸毒的，终于露头在城墙根。

陈玲拉住王志敏，说求助。凌解放把陈玲介绍给他后，他也就和陈玲见过一面。

王志敏问："啥忙？"

陈玲说："查个人。"

王志敏："啥人？"

陈玲说："路明。"

王志敏说："查啥？"

陈玲说："查查人跑到哪里去了。"

王志敏说："啊呀，你咋知道我们所有权限了。"

陈玲说："你们是公安。"

王志敏刚当所长时，他们所还没有查这方面的权限，这几年随着政府的简政放权，公安分局给他们派出所的权力下放清单，突然就多了许多内容。

王志敏笑着说："权力大，也是责任大啊。"他急着走呢，想到了陈玲是凌解放师兄介绍给他的，所以就大着声腔喊别人。有一个年轻的民警进来，王志敏交代了一下就坐上警车，从大门外出远去。民警按照陈玲说的身份证号，查了路明的信息。说是几日几时几分有购买航班的信息，从西部机场到了北京，然后转机去了华盛顿。还查到了这三个月以来路明使用身份证登记的其他信息。

感谢了民警，陈玲从派出所出来，心想着这下可咋办啊，一看到了下班时间，就给凌解放打电话。手机嘟嘟地响着，就是没人接电话。她就挂了电话，随便找了一家面馆吃饭。儿子越来越大，上了寄宿学校，不用回家吃饭，周末有空了接回家，平时都是在学校里度过。吃了饭，她就在南郊的赛格广场漫无目的地转着，看看这，看看那，没有目标地打发着时间。

她一抬头，遇上了省国资委吴光明的爱人程翠英。程翠英退休赋闲在家，每天遛遛狗，逛逛街，做做美容，也没有具体的事情。女儿已经上了大学，在北京的传媒大学。吴光明已经是省国资的党组副书记了，再过几年也就结束了职业生涯，退休呀。吴光明的夫人拉着她，两人就在女装区看衣服，两个人有说不完的话。

程翠英说："玲玲，好久不见了。"

陈玲说："是啊，阿姨。一直说去家里。一忙就没顾上。"

程翠英说："忙了好啊。我原来忙，退休了觉得人跟废了一样。"

陈玲说："您该休息下了。好好享受下退休生活。"

程翠英说："我给你叔说，我出去干个啥，人家就是不同意。他天天在外面忙，这些年他们也管得严了，天天有开不完的会。我一个人在家闲得慌，就出来透透气。"

陈玲说："我叔叔和您一样事业心强，是我们晚辈学习的榜样。"

程翠英说："忙了好。你还在那里不？"

陈玲说："在呢。"

程翠英就把话题扯到了孩子身上。说女儿婷婷很成器，这是她和吴书记最高兴的事儿，这与陈玲当年给娃辅导作业是分不开的。她说人的事业都有高峰和低谷，那时候他们夫妻正是干工作的时期，都是单位的大忙人，多亏了陈玲帮着他们让女儿度过了青春期。陈玲笑笑，说她也没做啥。

她们两个挽着胳膊就继续转，这家店出来，那家店进去，整个商场转了个遍。说起了家庭生活，程翠英就问陈玲孩子上学的事情。陈玲说："娃在寄宿学校里，平时基本不操心，学习还好。"

程翠英说："把娃放到寄宿学校里干啥呢？你们两个平时照顾不上吗？"她还不知道陈玲和路明离婚的事情。陈玲就把她这些年家庭变化的事情给程翠英说了一遍。

程翠英还想起了当时陈玲和路明举办婚礼时的场景。当时一对新人很是幸福地偎依在一起，站在门口迎宾，举办仪式，敬酒，她和吴光明来参加了婚礼，还给一对新人送了祝贺。爱好书法的吴光明还在证婚时送上了早早就写好了的"海阔凭鱼跃，天高任鸟飞"十个行书大字，现场叫好不断。吴光明小时候就酷爱书法，这些年有空了就在家里练习着，从东晋书法家王羲之的《兰亭序》、唐代颜真卿的《祭侄稿》、宋代苏轼的《黄州寒食帖》，到当代书法家沈鹏、张海等等，他都持之以恒地学习，还成了省书协会员。吴光明的行书劲挺奔放，有独立且具体的情感意趣。

逛完了商场，程翠英和陈玲依依不舍地告了别。陈玲一看表，已经三点多了，就去找凌解放，说路明已出国工作，不能到场的事。进了办公室门，陈爱国在办公室，在电脑上砰砰地敲着键盘，说要报什么阶段性总结。

陈玲问："凌处长出去了？"

陈爱国说："参加中院的交流会去了。"

陈玲问："啥时候回来呢？"

陈爱国说："三天后，今早刚走。"

陈玲说："我去找了，路明出国了咋办？"

陈爱国开了个玩笑，说："凉拌。"

陈玲说："那庭开不成了？"

陈爱国说："能开，可以缺席审理。早都把公告发了。"

陈玲说："啥公告？"

陈爱国说："我们发了公告，让被告六十日内到庭应诉，公告期满了也没见他来。"

陈玲说："在哪里发的？"

陈爱国说："晚报中缝啊。"陈玲不看报，这些年信息这么发达，谁还看报呢？以她对路明的了解，报纸头版的大字路明都不会看，更别提报纸中缝的小字呢。她最后又想，路明你这官司输定了。然后就告别了陈爱国，离开而去。

6

　　终于盼来了开庭的日子，陈玲接到了法院的通知。心里突然变得不是滋味。她一夜都没有睡踏实，突然觉得自己活得很失败。如果自己知道能走到今天，她当年就不报考西安的大学，也就不去做家教，更怪起了那辆破自行车——估计现在早已都回炉炼铁了吧。这样她就不会认识路明，也就不会有自己一地鸡毛的生活。或者她当年高考时也就在当地报考个师范院校，回到生她养她的地方，做一名普通的教师，在三尺讲台上教书育人。在老家，教师这份职业是最稳定的，也是最受尊重的。生活过得也像她们宿舍的老五一样，工作之余，相夫教子，平平淡淡也是一种幸福啊。她又想到她们宿舍的老大，她回老家那夜的聊天，让她始终难以忘记，她们两个的命咋那么苦啊！虽然她们都是不认命的人，但是生活会无情地撕裂着人的心，让人疼得是那么无助，又那么感同身受。

到了法院，坐在法庭上。她再次看了看，路明还是没有来。她的委托代理人作为法律服务所法律工作者，已经早早地坐定。她在原告席。被告席却空无一人，只有被告席那三个字显赫而又刺眼地在自己面前。审判长是凌解放，他稀疏的头发，紧紧地贴在两边，只有能够数得过来的长发在头顶上乱摆着，像极了农村初冬已经枯萎了的荒草。审判员是两个人，一男一女，男的是陈爱国，另一个她从来没有见过。书记员一直没有抬起过头，是个年轻的姑娘，像极了大学刚毕业时的自己。

陈玲自述，她和被告于1999年4月26日在西南区人民政府登记结婚。2008年奥运会前夕生育有一子，婚后双方感情较好，尤其是为了改善家庭住房条件，计划再买一套大房子，可是市上出台了购房的有关规定，他们不符合购房条件。为了购房，双方于2012年7月28日办理了离婚手续。双方商量待新房手续办完后就再去领结婚证。可是待新房买了后被告不同意与原告领结婚证，却与他人结婚。由于是为了买房，协议离婚时未提及财产分割、孩子抚养等问题。所以现在向法院起诉，请求判令原告被告复婚，然后再离婚。婚生儿子由原告抚养，抚养费由被告负担。婚姻期间财产要进行分割。陈玲越说越激动，一会儿还呜呜地哭了起来，还放声大骂路明是个负心汉，不是男人云云，无法止住。

法警多次劝解，凌解放也两次敲了法槌，警告原告停止对被告的责备，并停止啼哭。陈玲此起彼伏的心情，才慢慢恢复起来。

法院认为，原告陈玲与被告路明离婚纠纷一案，由于被告路明下落不明，法院发出公告限被告于六十日内到庭应诉，公告期满后，被告仍未到庭，法院依法缺席进行审理。原告自述说，原告与被告感情没有破裂，但因政策性购房限制办理了离婚手续，经民政部门提供两人离婚协议和离婚有关材料，并经汉唐公证处公证，两人离婚证为真，原告提出与被告办理结婚手续再正式离婚等事宜不予采纳。

法院认为，夫妻之间应互相关心、互相爱护。本案中，原、被告婚后感情良好，系原告一面之词。原告和被告在办理离婚手续后，不久又再婚，说明夫妻感情已彻底破裂。婚生儿子现随原告生活，且被告又无法联系，故儿子由原告抚养较为适宜，由被告支付抚养费，因被告有固定职业，抚养费按照被告月总收入的百分之二十的比例给付，抚养费自原告和被告离婚之日起至儿子十八周岁为止。如果未按本判决指定的期间履行给付金钱义务，应当依照《中华人民共和国民事诉讼法》第二百二十九条之规定，加倍支付迟延履行期间的债务利息。

另外，由于被告下落不明，无法联系，涉及财产事宜一时确实难以查清，具体分割问题告知当事人另案处理。

本案诉讼费应由原告被告共同承担。由于被告原因，暂由原告承担。

拿到法院的民事判决书，该判决的都判了，陈玲长出了一口气，心里却七上八下。

她突然想请帮助过她的人吃饭，甚至包括在钟楼代写诉状的那个老头。长安城里，她除了公司的人外，好像也不认识多少人。自己的电话里存了一大串儿的电话号码，大多都是同事和客户的，这些人中没有几个人可以说上几句知心话。她经常难受想给别人倾诉时，拿出手机，翻来翻去没有几个合适的人选，然后就放下了电话。

她决定再去找凌解放，请他吃饭，包括凌解放的副手陈爱国。走进法院的大院里，保安向她微笑着，点了点头。这个保安和路明公司的不一样，她那时候来时，还让她出示身份证，登记，给凌解放打电话确认。后来她成了常客，甚至像法院的工作人员一样，进进出出。走到了凌解放的办公室。凌解放正在抽烟中，烟雾在他杂乱的头发上空盘旋而上，四散而去。

凌解放说："你来了？"

陈玲说："来了。"

凌解放说："还有啥事儿？"

陈玲说："事儿还多呢。"凌解放就灭了烟蒂，看着她。

陈玲又说："我想请大家吃饭。"

凌解放说："为啥？我们纪律不允许。"

陈玲就呵呵地笑，说："没啥，没啥。"

凌解放说："你没听说么，民间有个顺口溜，叫作：'大盖帽两头翘，吃完被告吃原告。'"

陈玲又笑说："咱们不存在，不存在。"

凌解放说这个，是有原因的，是他们刚开了警示教育大会。前些天，市中院执行局局长肖学军就因受贿罪被判了刑。在判决中，法院认定肖学军用协调之名，大肆收受贿赂，有几个案件还存在吃了原告吃被告的现象。某被告被申请强制执行，肖学军查封、冻结了其名下抵押在银行的资产，同时将被告纳入了失信人名单。失信人找到肖学军帮忙，要他解除其失信人名单和名下部分资产。

通过肖学军组织协调，被告与原告达成协议，肖学军屏蔽了被告的失信名单。被告在高新区中院附近的丽思卡尔顿酒店摆了宴席，鲍鱼海参一条龙，还送给了肖学军现金十万元。

因被告未能继续履行其与原告的协议，原告再次申请冻结被告的资产，并将被告等人再次纳入失信名单。原告请求肖学军协调和帮忙，同时在中院附近的丽思卡尔顿酒店安排了一起吃饭，几瓶飞天茅台喝完，肖学军同意帮助原告。吃完了饭，原告就给肖学军的车上放了个双肩包，包里有二十万元。在警示教育大会上，中院院长在总结讲话时，手在桌子上敲得唧唧响。和凌解放一样，与会的人确实都受到了教育。

陈玲说："凌处长，吃原告被告我不管，我就想请大家吃个饭。"

凌解放再三推辞不过，就说："大酒楼就不去了。你就安排个羊肉泡馍就可以啦，你的心意我领了。"

陈玲说："我安排了给你发信息。我把王所长他们都叫上。大家都是我的贵人哩。"她说着就出了门，走了。

陈玲从法院出来，就思量着吃什么。后来她决定吃驴肉。人常说"天上的龙肉，地下的驴肉"么，而且她知道的"鲁州驴肉公馆"也是这座城市的总店，环境很好。

她定了包间"V066"。然后就给凌解放、陈爱国、王志敏发地址、包间号，说周六晚上一起吃肉。她甚至还想把省国资委的吴光明夫妇也叫上，思量了一会儿，觉得他们和凌解放坐不到一起，就作了罢。路过时，她还专门去点了菜。手切驴肉、腾雾金钱肉、顺风耳片、驴肉火烧、干锅驴杂，每人还有一个滋补养生驴肉小火锅，甚是丰盛。

华灯初上，凌解放、王志敏、陈爱国还有几个哥们儿弟兄，都分别来到了"鲁州驴肉公馆"。陈玲在楼下门口迎客般接人，点头哈腰。几个人上了楼，二楼的过道上有一面文化墙，写着几个大大的红字：要长寿，吃驴肉；要健康，喝驴汤。下面是一排排的照片，有驴头上戴着大红花在槽上，也有某画家画的驴，栩栩如生，还真有些中国画驴大师黄胄笔下的味道。最下面一排，是各级领导去养殖基地视察的照片。

凌解放说："领导和驴在一起了。"

王志敏说："领导就是驴么。"

陈爱国笑："领导还不如驴呢。"

陈玲咯咯地笑出了声，说："人是人，驴是驴。我们今天就是吃驴肉呢。"

其他人也笑，就进了包间。凉菜已经上了桌，大家就纷纷地坐了下来，但是没人坐在主位。大家都拉着让凌解放坐，凌解放说让陈玲坐。陈玲也不坐，说她就坐在门口，给各位领导上菜。大家又推着让凌解放坐。

凌解放说："我不是驴啊。"

陈玲说："你是领导啊。"

大家都又笑了起来。

王志敏说："凌哥，你年龄最大，你就坐呗。"

其他人也就随声附和，说："就是，就是。"

陈玲就过去拉凌解放的胳膊，他看推辞不了，就在主位上坐了下来。

凌解放说："是这，今晚有两位大家都不认识，我介绍下。戴眼镜的这位是政法学院的王教授，这位是郭刚，也马上评副教授了。他和王教授在一个单位。"大家都说："欢迎欢迎。"

开始喝酒时，凌解放说："咱们先把前三个酒一喝，然后自由恋爱。"然后就端起了酒杯，大家碰了下，一饮而尽。陈玲本来不喝酒，她前些年在单位喝伤了胃，现在喝酒就咳嗽，她舔了舔，就放下杯子。

陈爱国说："本家，你咋不喝呢？"

陈玲说："我现在喝不成酒了。"

陈爱国说："案子判了。是要庆祝的。"

王志敏说："是的，是的。就是要庆祝。"

陈玲说："那我就喝了。"端起杯子就哧溜一声喝完了。

凌解放说："陈玲是女中豪杰啊！"

王教授说："是啊，有句话叫巾帼不让须眉。"

第二杯酒，大家建议让陈玲提一杯。今天晚上她做东，招呼大家吃饭，是应该提一杯。陈玲就倒满了杯，端起酒杯说："感谢各位领导，我的事儿这么多年，总算解决了一大半儿。"

郭刚说："过去军队中有个女中豪杰叫钱铃戈。曾经有个传说，说许世友将军唯一喝不过的就是她，因为她喝酒从来就没有醉过。我看陈玲就有这种气质。"

大家都说："是是是。"就再次碰杯喝了。都拿起筷子吃菜。凌解放说："呀，今天还有钱钱肉哩，这是好东西。"

王志敏问："哥呀，钱钱肉是啥？"

凌解放说："你吃，快吃。你吃了弟媳妇晚上就受不了。"

陈玲刚拿起筷子，就放下看着凌解放。

凌解放说："陈玲，你也吃。你吃了也会让自己受不了。"

陈玲说："我还是不吃了，我吃了没用处。"

王志敏说："凌哥，你多吃点。嫂子晚上就有福了。"

凌解放又给大家说，他吃过一种药材叫作地毛球，听说还有个名字叫作锈铁棒，来自甘肃。

他又问："陈玲，你是甘肃人，你知道不？"

陈玲知道凌解放嘴里没好话，就说："还没听过哩。"

凌解放又说："地毛球长的就像男人的那个器物。"

王教授说："听说这个钱钱肉，最好吃的是驴勃起时，就割下来煮了，那个东西里面充着血哩。"

凌解放说："喝酒喝酒。"第三杯就喝完了。

凌解放说："下来就开始自由恋爱。"他说的这个"自由恋爱"，就是大家随意喝，谁想打关，谁想猜拳，谁想给谁端酒都行。

陈玲先端起杯子，说从现在开始她喝半杯，给大家敬个酒。从凌解放开始，挨着转了一圈子。一圈子喝完，她已经上了脸，脸上挂满了红云。

陈爱国说："没事，没事。人常说么，三种人能喝，第一就是喝酒上脸的，第二就是拿药瓶的，第三就是屁股一抬，还要重来的。"

到了十点半，四瓶酒已经下肚。凌解放也喝了不少，被陈爱国搀扶着就下了楼，大家都四散而去，相互说再见。陈玲觉得自己也喝多了，她送走大家，心里发慌，站在城市的夜空下。

7

凌解放那晚回到家，没有进成家门。他媳妇符金英早早就反锁了家门。他喝多了酒，拿出一串儿钥匙，晃晃悠悠地戳进去，手扶着门把试着，都没有打开门。符金英已经和凌解放分床睡有五六年了，谁也不碰谁。

有人说凌解放那方面不行，符金英那么漂亮，到现在这个岁数了还风韵犹存，人面桃花。凌解放早已秃了顶，就剩那几根长发凌乱地东倒西歪。上次吃饭，他说到了甘肃生产的那个叫地毛球的补品，后来陈玲也在网上查阅了下，确实是有补肾、益精、润燥的功效，主治阳痿遗精、腰膝酸软、肠燥便秘等。她思量着给凌解放买些来，那晚上吃饭时凌解放还给大家说过，脸上写满了满意。

陈玲想着，就给同宿舍的老大发微信。

陈玲说："老大，你知道锁阳不？"

老大先发过来一串儿笑脸，说："知道啊。"

陈玲说："我给别人买。"

老大说："你找下人啦？领回来看看呗。"

陈玲骂："你坏，我买了给人送礼哩。"

老大说："听那帮臭男人说，厉害得很。"

陈玲说："掉在悬崖边的人，才找救命稻草呢。"

老大说："你不操心了。我给你买五盒寄过来。"

陈玲给老大发了一串儿拥抱表情，又发了地址。老大说："放心吧，等着收就是。"

符金英在市信访局工作，她属于高干之女，父亲当过省委政法委的书记。二十世纪八十年代初，符金英从省商业学校毕业。那时候，买辆自行车都还需要找关系。符金英又长得漂亮，两行白牙如玉石般镶嵌在口中，伶俐如百灵，曾经成为当时市商贸大厦一道亮丽的风景。商贸行业改革后，父亲就把她安排到了商业局的办公室工作。工作了十来年，她又被调整到市信访局工作，主要是在来访接待处。经过多年的摸索，她总结出了一套完整的方法和机制，成为接待上访群众、做好上访工作的不二"法宝"。经过信访局以专报形式上报后，受到省上分管领导的批示，也成为各地来市信访局学习的模式和榜样，后来市信访局还在省上的现场会上做了经验交流。市信访局局长黄平生开会回来，心里一直乐呵呵的，他原来在县上做过县委书记，有基层工作经验，尤其还处理过几起复杂的群众越级上访事件，经验丰富。

符金英一路上来，已经成为市信访局来访接待处处长。就是她坐在这个位子上的有一天，黄平生被纪委带走。那天中午她正在信访接待大厅接待群众，她看见三五个年轻人把局长从楼上带了下来，而且两个壮小伙还拉着黄局长的胳膊，把他塞进了停在楼下的面包车里。符金英心里想跑出去，看看是怎么回事儿。可是面对来群访的百十个人，又坐了下来。她接待完了群众，跑回自己办公室时，同事们已经开始慌慌张张地窃窃私语了起来。

符金英坐在办公室，心里久久不能平静。她在局里颇有姿色，人称"丰满高挑大美女"，她和黄平生这么多年是上下级关系，人们都说他们"关系密切"。尤其是每年国家"两会"期间，她和黄局长驻扎在北京，负责全市的劝返和接待工作。说是局长在，局长不是在酒店里睡着就是外出喝酒，美其名曰：与国家部委对接工作。那晚喝酒回来，黄局长醉醺醺地敲门进来，直接进了她的房间。

黄局长说："金英啊，我喝多了。"

符金英说："黄局你坐，我给你冲杯蜂蜜水。"说完她就转身去茶水台上烧热水。

黄局长过来，抱住符金英就扔在大床上。

符金英慌忙地说："局长，局长，别啊。"

黄局长说："英、英，我喜欢你。"一张嘴噘着就扣了上来，让符金英喘不过气来。

符金英没有丝毫的机会反抗，她也无法反抗。她的位子在黄局长的帽子底下扣着。三下五除二，符金英赤裸裸的胴体就光溜溜地在黄局长面前。虽然岁数不小，但是胸部依然挺拔。

这些年来，在黄局长的栽培下，他们异性相吸，男女搭配，干活不累，一阵子翻云覆雨过后，双方都瘫躺在床上，相互抱得紧紧的。黄局长深深浅浅的过程中，符金英突然还有了一阵快感，这种感觉在凌解放那里从来没有体验到过。晚上，黄局长再也没有回过自己的房间，两个人就温存着过了一夜。

早上起来，黄局长还抚摸着符金英，说再来一次。

符金英说："你刷牙去。"黄局长一蹦子就爬起来光着腚去了。

符金英也起来，穿上睡衣，去了卫生间。她进卫生间时，黄局长已经满口的白沫子，特别认真。

黄局长说："你咋也要刷啊？"

符金英说："男女平等。"

两个人刷完了牙，犹如一对正在热恋的情侣，又开始了一场属于成年人的极限运动。这个运动对于正常的男女来说，和吃饭睡觉差不多，都是离不开的事儿。可是对黄局长和符金英来说，好像是久旱之下一场甘露。这个事儿滋润着双方，他们贪婪而娴熟。

过了春节，市上要推进一批后备干部，符金英赫然在列，且位于榜首。单位的同事们都笑而不语。人常说：天下没有不透风的墙。那个夜晚的男女主人公，动情地演绎着他们二人世界的游戏，可是情不自禁的声音回荡在酒店的楼道。

符金英的脑子有些凌乱，她关上了办公室的门，与黄平生过往的一幕幕，电影般回放着，直到夜半人静，她才背起包走出了单位的大门。门卫大爷还和符金英热情地打招呼，她甚至都没有抬头。后来符金英听人说，黄平生看起来像个书生，对人也好，就是爱钱，爱女人。

　　也有和他在县里工作过的人说，黄平生看上去很温和，但他爱财公开而赤裸。县上的官场至今有一段黄平生的传说：黄平生当县长时期的一次会上，时任县委书记发言，说县上某些领导过年过节就背着包在县委到处转，就是希望大家给他送钱。这话针对黄平生，没想到黄平生随即顶了回去："书记，你吃肉我们还是要喝口汤哩。"半年过后，黄平生的案子宣判。通报显示，黄平生不但收商人的钱，也收官员的钱。他的案子中，有十一宗被法院认定为涉官行贿，案例里大多写着"在工作和任职等方面为他人提供帮助，还有不正当男女关系等"。黄平生的案子宣判后，符金英才放下了心。她也给黄平生送过两次钱，她在副处长的位子上蹲了好几年，工作也干得出色，可是每次提拔推荐都没有她的份儿。她知道局里有个不成规矩的规矩，想上位，要么送礼，要么送自己。她那时候不再想和黄平生能发生什么，除了那次在北京出差的情况外。

　　在黄平生接受组织调查期间，她也是捏着一把汗，甚至她还做好了被谈话的准备。她梦见法院的人来了，也把她带走，她双手上戴着冰凉凉的手铐，手铐把自己的手腕儿勒得生疼，就惊醒了，出了一身的冷汗。她醒来，身边的凌解放睡得跟死猪一样，这家伙啥时候爬到自己床上来了？她突然就又很生气，她的枕边人不懂她，只会合法地躺在这张床上，呼呼地大睡。她不知道从啥时候开始，自己慢慢变得不懂得自己法律意义上的丈夫，一天也说不上几句话。

黄平生的事儿发生后，符金英又开始思量着，不能再在市信访局待下去了，要不她会被同事们的口水淹死。没有了黄局长，其他班子成员对她的工作就不那么支持了。尤其是门口每天来的信访群体，闹哄哄地在门外喊叫，令领导们异常反感。分管领导早上来，看到接待大厅门口那么多人，就打电话，二话没说直接问："这是怎么回事儿呀？这种问题都老生常谈了还驾驭不了吗？"符金英面部露出努力的表情，其实心里翻江倒海般地难受。符金英认为，自己已经贴上了黄平生的标签，是该到了调动工作的时间了。

符金英想了想，不知道该找谁去，这类事儿还要控制知晓范围。她想了想，还是得找父亲。父亲刚刚从省委政法委书记的位置上退下来，她去父亲家时，总会遇上厅长处长们来给父亲献殷勤。他们担心父亲刚从要职上退下来，不适应，就来陪父亲聊聊天、读读报，汇报下自己近日的工作，等等。

她这次去，遇上省某厅的贾厅长，他正在客厅的阳台上给父亲捶背。父亲的腰椎不好，符金英从来没有给父亲捶过背，可是贾厅长做得是那么好。他给父亲听着秦腔，然后随着秦腔的节奏，给父亲一段段地敲打着不舒服的地方。

她刚推门进去，父亲说："闺女回来了？"

符金英说："回来了。您吃饭了没？"

父亲说："刚才贾厅长送来了午餐，我们爷俩已吃过了。"

贾厅长说："哪里哪里，单位灶上的便饭。只要老爷子喜欢，我安排人天天送。"

父亲哈哈大笑，说："我可吃不起。"

符金英和贾厅长打过招呼，就放下包进了厨房。这是她的习惯，自从母亲去世后，她每次回家里来，都给父亲打扫家里的卫生。父亲在位时，从来不在家里吃饭，厨房就成了摆设。她进了厨房，看见父亲和贾厅长吃过的残羹冷炙，还有鲍鱼。符金英心里突然变得很踏实，她不来的日子，都有父亲的下属们把父亲照顾得这么好，她也就放心了。

她开始收拾厨房，打扫房间的卫生。捶完了背，贾厅长就陪着父亲津津有味地听着秦腔。听了一会儿，贾厅长就告辞了，他说下午有会，改日再来陪老领导。

父亲问："啥风今天把你吹来了？"然后呵呵大笑。

符金英说："老爸，你不欢迎我哩。我是不是都不如你的下属在你心中的地位啊。"

父亲又笑，说："当然了。"

符金英确实好久没来过父亲家了。父亲退休前，在全省政法系统呼风唤雨，地位不可替代，他身边的公安、法院、检察院的下属们多如牛毛，能靠近他，被他认可的却也不是很多。

符金英是父亲的小棉袄，她虽然嘴上说很吃醋，但是心里知道父亲最疼她。她是在父亲的肩膀上长大的，她长大了，父亲的工作也忙了，常常顾不上家。用父亲的话说，就是："你是组织的人，组织交给你的工作，对你来说这就是天职，一定要干好。"符金英也是按照父亲的教导这么做的。

符金英说："爸，我不想在市信访局待了。"

父亲说："为什么?"

符金英说："人情世故太复杂了。"

父亲说："那你有啥想法?"

符金英说："我能不能去省上的部门，不当处长也行。"

父亲说："咦，你不想当官了。"

符金英拖长了声音，说："爸，我真不想待了。你难道让你家宝贝女儿心情不好吗?"

父亲哈哈地笑，说："好呀。"

过了三周，省信访局组织人事处就来考察。父亲也没给她说。局里的组织人事处通知她，说省局要来考察她了，她都感到诧异。考察是个形式和流程，局里组织大家分别谈了话，征求了大家的意见。局里人都说好呀，好呀。这是我们局走出去的第一位处长，是好事。考察公示程序走完后，符金英就去了省信访局报到。

到了省信访局，她还是负责接待来访工作，成了市局的上级管理单位。她走了几天，接到了市局几个人发的微信。有的人说"祝贺祝贺"。也有人说"符姐姐以后多照顾啊"。还有人说"苟富贵，勿相忘"。还有几个要好的人说，"改日吃饭，咱们也喝一场"。

离开市信访局时，符金英也有些不舍。毕竟她在这个单位工作了这么长时间。她把她和黄平生的事儿已经咽到了肚子里，这是一段历史，她会刻骨铭心地记着。每个人都活一份心情，尤其是她这个年龄，是该享受生活的时候了。如果每天自己不开心地活着，对她来说，还有什么意义呢。所以她要超越自己，战胜自己，没有过不去的坎儿。符金英决定，自己从调整工作岗位起，就要好好地活出自己的精彩。工作就是工作，生活就是生活。要学会工作，也要更加懂得生活。

至于自己法律意义上的老公，是父亲当年给她安排的。那时候凌解放刚大学毕业没几年，在法院里属于积极向上、根正苗红的青年。凌解放来自农村，当年能考上政法学院，也是学习上名列前茅的。符金英作为父母唯一的掌上明珠，也有城市女孩的公主病，虽然那个时候大家都很穷，但是起点还是有些差距。父亲是打心眼里看上了凌解放，并把自己的女儿介绍给他，让他成为自己的女婿。

女儿和女婿过了这么多年，父亲知道女儿和女婿多多少少还是有些隔阂，例如女儿不爱干家务，例如女儿的脾气不好，例如女儿也喜欢在外面玩。孙子虽然已经考上外地的重点大学上学去了，可是他隐隐约约地能从生活中看到女儿和女婿的貌合神离。但是他老了，说话不算数，尤其是家长里短，他更不愿意说。有几次他想找女儿好好聊下这个话题，但是女儿都娇滴滴地把自己搪塞了回来，他就不再说什么。

8

　　路明在公司机构改革后，就带着小冉来到了纽约。纽约是美国的第一大都市。他来美国前，去出差的都是非洲的国家，尤其这次和小冉一起来，再也没有了过去的相思之苦。

　　他爱小冉，遇见小冉，他觉得自己可以抛弃一切。小冉是个感情热烈的姑娘，她曾经在华盛顿大学读过研究生，当时从南京航空大学本科毕业后，为了深造，就一个人来到了美国西海岸的西雅图，度过了三年的时光。能来这里，除了导师的推荐外，她费了九牛二虎之力才敲开了这所著名大学的大门。她知道，他们的研究生院每年都会收到数以万计的世界各地国际学生的申请，但是最终通过的是凤毛麟角。路明曾经问过她，怎么表达母校的师资力量，她说据她所知，华盛顿大学教授中有十位诺贝尔奖得主，二百五十多名美国院士，一百七十多位美国科学委员会学部委员。路明只是张大了嘴巴，不再说话。

他们公司改革，小冉就鼓动着路明选择国外，去哪里呢？她就说争取去美国。她在那里生活过，也比较熟悉，不至于他们两个贸然去个陌生的地方，两眼一抹黑。

坐了好久飞机，才到了纽约。这是她来过的地方。上学时，是她自己拖着个大箱子孤零零地来，一个人孤独的滋味，只有自己知道。这次来，是两个人，她和爱人路明，有亲爱的人陪伴，更是为了工作，且公司在海外的市场很大，尤其她选择美国事业部，更是一种对自我能力的挑战。

来到纽约的第一晚，路明笑着说："我来联合国啦。"

小冉说："人不逼自己，能来这里吗？"

路明嘿嘿地笑着，就过来抱小冉。小冉知道路明要干什么，就让他洗澡去。小冉是个有洁癖的人，晚上不洗澡，别说进行夫妻之事，他是连床沿都不能坐的。

路明去了卫生间，冲了一会儿就裹着浴巾出来，躺在小冉身边，手开始摸索起来。小冉感情热烈，人也大大咧咧的，但对夫妻之事却细致入微，大胆奔放。

路明在进入小冉身体的那一刻，小冉说："你是不是有心思？"

路明说："心思就是远走高飞来这里。和你一起不分离。"

小冉说："那就好。"就如蛇般缠绕着，紧紧地抱住路明。

路明就不停地耕耘着，挥汗如雨。他觉得，自从和小冉有了第一次后，自己精神的感官就上了一个层面。陈玲是那种比较矜持的人，每次那个的时候好像只有自己，如完成作业般匆匆了事。陈玲躺在那里，一动不动，一声不吭，偶尔还有些生气，说疼，再轻点。那事儿的轻重能由了他自己吗？那时候他不是他呀。他是谁，自己也混沌了。

小冉热烈地配合着他，又开始带着他飞起来，从长安城到了地球的另外一个彼岸。有时候他觉得小冉就是一个完整的世界，让他走遍了角角落落，欲罢不能。这可能是夫妻之间最大的保鲜剂吧。他和小冉一见如故，朝朝暮暮，很快就长相厮守，他也不知道是什么勇气，让他自己很快就做出了抉择。

他甚至想，小冉在美国那所著名的大学上学，可能对生活的见识和理解也不一样，不同的人群、国度的教育，文化的差异等等，都会带动事物从表象到本质的差异。想到这里，他就嘿嘿地笑了起来，他想起了多年前的自己，还有陈玲，他们过去的日子。

陈玲是个传统的女孩，会过日子，为了过上好日子，就节衣缩食地盘算着他们的支出。甚至在周末的菜市场上，买低价的新鲜菜，回来还会给他说这个便宜了多少钱，他就一笑而过。还有，夫妻之事，他永远都是发起者，整个过程他成了侵犯者，陈玲一声不吭地闭着眼睛，一动不动，他就突然失去了勇气，软绵绵地滑下来，侧身睡去。他曾经和陈玲聊过这个话题，陈玲说他是流氓。他是流氓吗？真的好像不是。

对于这个事情，他好像也是个晚熟的人，他身体里的荷尔蒙好像在第一次见到陈玲后，才在沉睡中被唤醒，爆发。有些同学早早地就开始了同居，他直到毕业后才试探着跟陈玲说。当他奔涌着要开始好好做个正常的男人时，陈玲却怀孕了，他高兴的是自己有了儿子，但他作为男人的需求却被忽略掉。好吧，他有些自私了，他就渴求儿子快点长大。儿子出生后，陈玲所有的精力都倾注在孩子身上。他记得，儿子睡在他俩之间。

路明悄悄地问："儿子睡了没？"

陈玲说："没有呢。你急啥？"

过了许久，他又问："儿子睡了没？"

陈玲说："没有呢。"他就盯着天花板，房间的时钟嗒嗒地响着。

他又问："儿子睡了没？"

儿子突然说："爸爸，妈妈睡着了。"

他就听见了陈玲微微的鼾声，然后身体的火焰就瞬间消失。拍着儿子，他不知道，是他先睡着，还是儿子。

在繁忙的工作之余，路明和小冉每天晚上吃完了饭，出去散步成了疏解压力最好的办法。他们常常手拉着手，去纽约的中央公园，这里成了他们每天必到的地方。这里树木郁郁，四季皆美，春天嫣红嫩绿、夏天阳光璀璨、秋天枫红似火、冬天银白萧索。尤其是小冉和他曾经在家里看过的一场电影，名字叫作《爱情故事》，就在这里常常放映。他也不是电影里的男主人公富家子弟奥列弗，小冉也不是普通面包师的女儿简。小冉和他真诚相爱，他是要和小冉陪伴一辈子的。电影里奥列弗的妻子简，在剧情中却身患绝症撒手人寰，离开奥列弗而去，还曾经令他伤心落泪。看了那部电影，片中的对白："Love means never having to say you are sorry." 这句话深深地刻印在他的心里，爱意味着永远不用说对不起。

在国内时，他儿子出生后，唐长安城大明宫国家遗址公园对外开放了，他还曾跑去逛过几次，公园的宣传语中说，遗址公园占地三点五平方公里，面积与举世闻名的纽约中央公园相仿，如镜的水面以及宫殿建筑的倒影、御阶、龙首塬的大庭院、蓬莱仙岛的远影，能将游人带回到大唐天子的年代，让人感受到大唐盛世的文化辉煌。他知道，在长安城，四处都是文物遗迹，这是周秦汉唐盛世时光的见证。有人就在网络上调侃说：西安处处都是墓，随便一挖下去都是文物。在这里当个工地上的包工头都得看得懂墓志铭！可是纽约中央公园，在1858年，清政府已经走向没落，开始与外国签订不平等条约时，那个爷爷的爷爷的爷爷都还没有出生的年代，纽约中央公园的公开设计竞赛已经是如火如荼地开展了。

路明已经深深地爱上这里。有一天，他和小冉在这里散步，小冉说她怀孕了，路明高兴地跳了起来。这个孩子，有些姗姗来迟。上次小冉流产，他还黯然神伤了一阵子。看着小冉的肚子一天天地隆起，他期盼的心情也就一天天地此起彼伏。他又想起自己的儿子，现在已经上初中了吧，他再也没有见过。他不敢接陈玲的电话，他知道自己对他们有亏欠。

路明在白天，基本都无暇想起这些事。公司每天也是忙得晕头转向，他的具体业务涉及高性能计算、射频、模拟、混合信号、光器件、存储、测试等核心技术领域，以及客户、市场、技术、研发等等，他每天有条不紊地开会、拜见、沟通。刚来美国时，他蹩脚的英语说出来，自己都没有勇气。小冉和他约法三章，在家里必须用英语对话，路明就笑，说他有种上了国际学校的感觉。直到后来，才轻车熟路。小冉主要给路明做助理，包括生活和工作。她腆着大肚子跑来跑去，一个准妈妈的心态，在网上看什么对孩子好，在纽约哪里有卖，自己就飞奔着去采购了回来。小冉说，自己要以最温暖的怀抱，迎接他们爱的结晶，来到这个世界。不但来，而且还是来到美国，这个许多人都梦想着移民的国家。就是为了小冉生孩子这事儿，路明和她还争执过一阵子。

路明说："要不你回家生？"

小冉说："不回。回去没人管我。"

路明苦笑，说："家里人都期盼着你回去哩。"

小冉说："要回你回。"她有些赌气。

路明说："我又不生。"

小冉就过来说："你摸摸，你娃踢你哩。"她不想回老家。这些年，从明星大腕、大款土豪到都市白领，都挺着大肚子飞往太平洋彼岸生孩子，好像成了中国流行文化的一部分。她和路明在美国工作，虽然没有绿卡，但是毕竟他们目前还生活在这里，她要给自己的孩子一个美利坚公民的身份。

路明是一个传统的人。小冉比他小，有时候他觉得小冉还是个孩子。孩子生在美国，确实这几年在美国生孩子的人很多，包括他们村的村主任的二老婆，也到了美国生娃没回国。他们村拆迁，村主任贪污了村民的拆迁款，一溜烟就带着老婆跑了，后来孩子就成了美国国籍。他的孩子理所应当地能成为美国国籍，但是他总觉得他是这个地方的过客，孩子在这里以后怎么办呢？

他思考了几天，最后决定，不让小冉回国了，孩子就生在美国。这样孩子就可以立即拥美国国籍，在美国有永久居住的权利。享受美国十三年义务教育，就读小学到高中完全免费，享受全球一百八十多个邦交国入境免签和最优惠出入境便利。拥有美国社会安全卡，享有美国社会各种福利措施及医疗设备，年老时可领取养老金，包括人在海外，居住低价高质量老人公寓，等等。路明自己也不知道孩子的路以后在何方，那时候他应该已经是退休的人了。他再想，父母这代人把他拉扯大，过了苦日子，他通过学习改变了自己的命运，到了省城。后来又因为遇上了小冉，在小冉的怂恿下来到了纽约，他把自己的孩子变成国外户籍了。

回到家，他把自己的决定告诉了小冉，小冉高兴地跳了起来。小冉一跳，孩子也在肚子里动个不停。小冉捂着肚子，说："你娃都高兴呢。"路明赶快拉着小冉坐下来，说："别动了胎气。"

小冉下来还是高兴得合不拢嘴，拍着自己的肚子，说："宝宝你要成为美国人了。"路明摇了摇头，苦笑。来纽约这么久了，也没有回过国。

9

陈玲又去找凌解放，前几天她听陈爱国说，凌解放要被提拔为专委，组织部门已经开始了考察程序。陈玲就问："这专委是个啥职务啊？"陈爱国告诉她："就是法院专职审委会委员，一般享受副院长待遇，但不是副院长。"

陈玲进了门，凌解放坐在桌子前看杂志。

陈玲咧着嘴说："专委在忙啊？"

凌解放抬头看了她一眼，说："来了呀。"

陈玲就说："来了。"她好像没有了其他话。突然她想起上次给凌解放送锁阳的事儿。

她又接着说："上次给你送的补品还好吧。"

凌解放说："嗯，嗯。"

陈爱国近些天喜欢给陈玲打电话，有话没话地乱扯。尤其是凌解放提拔为专委的事，他想着都偷着乐，处长的位置该轮到他了，他也算是小媳妇熬成了婆。他们这系统人员流动慢，混个处级也算是比较难。如果凌解放不提拔，可能还这样依旧地忙着。

陈爱国还给她说过一件事，就是凌解放被派出所带走的事儿。凌解放一个人跑到高新区的蒂儿梦洗浴中心去洗澡按摩，并接受小姐提供的性服务，正好赶上这几天公安系统异地扫黄大检查，被调集自县里的民警抓了个正着，正准备带离时，正好碰上了王志敏。王志敏一看怎么是凌大哥，就让县里的民警把人放了，民警说没有接到领导指令。王志敏就拿起手里的对讲机喊话，一会儿来了五个民警拦截县里的民警并要求放人。

王志敏问："你们是哪个所的？"

县里的民警说："市局调集的。"

王志敏说："凭啥带走他？"

县里的民警说："在402房间发现卖淫嫖娼违法行为，按照指令依法带回。"

王志敏掏出手机，给市局治安局的局长打了电话。他用手捂住手机听筒，压低了声音，说查到的人是他师兄。这人可怜，那方面也不行，夫妻感情也很差。都快到了二线的年龄。谁也不知道他哪根弦儿没拨对，今晚跑到这里来了。

市局治安局长说他打个电话，王志敏这才挂了电话，来回踱着步子。群众慢慢地多了起来，看热闹。他就急匆匆地把凌解放塞进了自己的警车里，告诉县里的民警，在市局的治安局会合。他的司机直接把车开到了位于西大街的公安局治安局大院，他和凌解放坐下来喝茶的时候，县里民警的车才闪着警灯进了大院。

治安局长问县里的民警："到底是咋回事儿？"

县里的民警见了治安局长，先是齐刷刷地敬了礼，说："我们敲开402房间的房门时，一个光着上身穿着大短裤的男子开了门，我们出示了证件表明执行公务检查时，那个男子表情慌张，房间的窗帘也奇怪地晃动，后发现一年轻女子藏在后面。"

县里的民警还说："当时那个女子一丝不挂，抱着衣服，头发也湿漉漉的。"然后他们就背过了身子，让这对男女先穿上衣服。刚出了洗浴中心的门，就遇上了当地的警察。当地的警察质问凭什么要带走人，并要求看证件，拦住他们不让走，甚至还有个年轻的辅警对他们推推搡搡。说完了话，脸上写满了无助。

治安局长对他们提出表扬。就说晚上任务还艰巨，随即让他们继续去分配区域执行任务。县里的民警又敬了礼，坐上警车从大门口出去，消失在城市的路灯下了。送走了民警，治安局长回来就大声地喊着王志敏。王志敏从门里出来，就回答着说："领导，领导。"

治安局长给王志敏说："让凌解放回去。"凌解放就走出了治安局的大门。治安局长就给下属安排，做个笔录。特别强调了带回来的那个女的，下属就把那个女子带进了另外一个房间。

警察问:"姓名,年龄?"那女人没抬头,一一作了回答。

警察又说:"请你如实交代下事情经过。"

那女人说:"今天晚上应为二十二时左右,我在洗浴中心四楼美容美发大厅闲坐时,来了一个客人要找'小姐',因为只有两个,那个人就把我们俩分别打量了一番,说看上了我。然后,我和那个客人去了402房间发生了关系。后来,我去洗澡,这时民警就来了。"

警察问:"客人付了你多少钱?"

那女人说:"三百五十块。"

警察问:"这个客人长什么样?"

那女人说:"身高大约一米七五。头发少。"

警察又问:"你知道因为何事将你带来?"

那女人说:"知道。因为我卖淫。"

警察继续问:"你这是什么行为?"

那女人的头更低,说:"我这是违法行为。我也没办法。那男的也可怜。"

那女人这么一说,警察顿时笑了,说:"为什么?"

那女人说:"我家里穷,也没念过书。刚来这里没几天,其他也不会啥手艺。"

警察又说:"那男人为啥可怜?"

那女人说:"那人还没进去就泄了。"

警察没再说,说你再好好想想。就出去了。

出来的民警给治安局长报告后,治安局长就骂了一句脏话，说让她赶快滚。

那女人走后，王志敏就和大家抽烟，说凌解放的家庭。说他这位老哥的可怜和苦闷之处，就给大家哈哈地说了他在派出所有次抓嫖的事儿。

王志敏说，有次他和几个民警去洗头房例行检查。他们踢门进去，有个躺在破床上的老人，已经六十多岁。老头儿见警察进来，忽地就从床上起来，站在边上打哆嗦。他们把老头儿和卖淫女带回所里，老头儿先是闭口不言，不管他们怎样动之以情晓之以理，就是头不抬眼不睁。之后又说他有啥啥病，然后一番大哭。哭完了后，才说子女都在外地工作，老伴儿去世好多年了，一直都是他自己生活。

他其实没想干啥过分的事，就是寂寞想找个人说说话。他说："警察同志你们相信我，我真没想干啥，我参加过对越反击战，我没想占女同志便宜，就想有个人在我身边走来走去有个动静，这样我就觉得我还活着，在战场上我都不怕死，可我现在就是怕孤独……"

那个中年女人交代得很痛快，她说自己确实从事卖淫活动，而且是有组织有规模的！她们这个圈子一共十几个人，多数来自外地的农村，年纪都在四五十之间，专门挑一些空巢老人下手，先是在早市上搭讪，确定目标，然后电话联系，培养感情，各种嘘寒问暖，甚至还去家里帮忙打扫卫生。一段时间后双方开始有交易，每次收费都是一百元。女人说："这些老人其实并不是很有钱，但是他们都愿意出这个钱。"那女人还说:"人民警察,你们也不用瞧不起我们这些人,这都是市场需要,而且是刚需。"

直到没有了话,王志敏才向局长告别,从治安局大院里出来,向家里走去。

陈爱国知道的这些,还是王志敏讲给他的,在夜晚的夜市摊上,陈爱国把这些一股脑儿讲给了陈玲。

凌解放站起来给陈玲倒水,陈玲忙说:"不用不用,我自己来。"她拿起热水壶,给自己倒了一杯水,坐在凌解放的办公桌对面。

凌解放说:"不敢乱叫,还没上会呢。"

陈玲说:"馍不吃在篮子里么。迟早的事。"

陈玲问:"你都当大领导了,我的事儿咋办?"

凌解放说:"你的事儿好着呢。都判了。"

陈玲就哭,说:"我娃都长大了,他却躲在国外了,我一分钱都没见。"

凌解放说:"这事儿得找执行庭,他们可以强制执行。"

陈玲说:"你都管我这么多年了,还想撒手不管了。"

凌解放一看陈玲上了劲儿,就赶快说:"你别着急,等我上位了给你协调。"

凌解放又说:"这几天我在特殊期。你先回去。感谢你上次给我送的补品。"

陈玲就出了门。她觉得凌解放在推脱自己。出了门,就准备去市政府。

到了市政府门口，她还没下车，出租车就熄了火。大门口的保安看到有车辆堵在了门口，就过来大声喊："快走快走，这里是你停的地方吗?"

　　出租车司机说，车子抛锚了，自己已经叫了救援车，很快就到了，车子在这里停一下，不妨碍后面的交通。

　　保安说："市长一会儿要出来，你挡着道儿了，赶快将车推走。"

　　出租车司机说，门口空旷，自己的车并不会造成阻挡且已经叫了救援，见到市长会和他说明情况。

　　保安说："你能和市长说上话吗? 你是十什么的! 你算个什么!"

　　陈玲就又来了气，骂起了保安，说保安是条狗。

　　保安说："我说出租车司机哩，与你鸟相干。"

　　陈玲又骂："你说啥? 你别汪汪。"

　　他们正在吵架的时候，市长黑颜色的奥迪就出来了。陈玲就坐在了车前，司机来了个急刹，停住了车。

　　陈玲大喊："保安打人了! 保安打人了!"

　　市长的秘书就从车里下来，说咋了咋了。就喊门房里保卫处的人。保卫处的人跑过来，点头哈腰。

　　陈玲看到保卫处工作人员的样子，更是气不打一处来。就喊着让市长出来。周围过路的群众越来越多，市长秘书擦着额头上的汗。市长下午四点半在省政府要参加常务会，这会儿都四点了，他一遍遍地看手机，又连续打了几个电话。

陈玲喊："当官不为民做主，不如回家卖红薯。"周围的人你一言他一语地说这女人可怜。

一会儿信访局局长出来，说让市长的车快走，事儿他来解决。市长看等不及，就从车里下来，周边围着的人群响起了掌声。市长摆着手，说："大家散了，快都忙去吧。"

市长就问陈玲，陈玲说她要告状。告自己的老公路明，那个挨千刀的跑到美国去了；法院判案不执行，等于没判。公务员踢皮球，把她能踢多远，就踢多远。

市长给陈玲说："这事儿包在我身上。"他就喊着信访局局长过来，说："这是信访局局长，我急着开会呢。他接待你。"

市长在说话时，几个熊腰粗腿的保安把陈玲拉起来，说："你这人，咱们有事说事么。"陈玲就站了起来让开路。

市长走了后，陈玲就跟着信访局局长进了大门口的群众来访接待室。陈玲给信访局局长又说了自己这么多年的苦衷，越说越苦，说自己哑巴吃黄连，有苦说不出。听陈玲诉完了苦，信访局局长就问她还有啥。

陈玲说："我老公路明去了美国，消失得无踪无影。"

信访局局长说："哦，跑得了和尚跑不了庙么。我给你追。"

陈玲又说："我到法院起诉了这么多年，法院判了不执行。"

信访局局长说："他们有强制的手段，我给你督。"

陈玲再说："市政府是人民的政府，门口的保安像狗。"

信访局局长说："我给机关事务局说，收拾他们。"

陈玲最后说："那我啥时候来找你要结果？"

信访局局长有些不耐烦，但又把涌上自己喉咙里的话压了下去。说："你给我十个工作日吧。我也就是个信访局局长而已么。"

陈玲说："那我到时再来，来找你。"

信访局局长说："好，好。咱们有事说事，你要相信政府哩。"

陈玲走了后，信访局局长何红星气不打一处来。口里骂着："这就是个泼妇么，还是个黏蛋。怪不得老汉跑了，哪个男人能受得了。"保安听到了他的话，就咧嘴笑。

何红星回过头来，就盯着那几个保安，目不转睛。保安吓得面面相觑，都闭紧了嘴，默不作声。

何红星回到办公室，就喊来了几个处长。把他在纸上记的信息念给他们，说："这人今天来，明天还会来，后天估计还会来。今天市长把我叫出去，我脸上有光吗？"

几个处长丈二和尚——摸不着头脑，也低头挨着局长撒气。何红星刚坐到这位子上时间也不长，上任局长黄平生被抓后，他从副职提拔成为正职，干工作时，手里一直捏着一把汗。他常常说，他的位子在群众和领导手里捏着，随时都会有紧箍咒。

撒完了气，几个处长就开始分解任务，给涉及的各相关单位下信访人员交办联络单，分别下给了陈玲所在的街道办、区信访办，要求做好陈玲的矛盾化解工作。他本来要给法院下单子，后来又一想，法院属于独立体系，市法院院长和副市长级别一样，自己下个单子容易，万一被谁点了炮儿，那不是自找苦吃么。就作罢。

10

陈玲去市政府把市长拦住的事情，很快就传开来。街道办、区信访局都收到了联络单，区信访局局长大笔一挥，写了"请大华街道办高度重视并抓好落实"几个斗大的字，就转了下来。人常说："上面千条线，下面一根针。"街道办接到了各级领导批转下来的单子，街道办主任杨瑞一脸茫然。陈玲的事情，他也知道，区法院曾经向街道办了解过情况，他基本知道是怎么回事儿。这女人有单位，但是不在他们街道办管理的范围之内。但是这女人住的小区，确实是他们管理和服务的对象。

已经坐到了区法院专委位置上的凌解放这几天也坐立不安，虽然自己顺利地被组织考察提拔，可权力却小了很多。那天开会分工时，让他配合分管院长做好工作，这是多么尴尬啊。他听市政府的人说，那天陈玲在市政府门口向市长告他，但是想想，市长又不认识他，现官还不如现管呢。他不在市长直接管理的那些干部范围之内，又放下了心。

他刚坐在办公室抽烟时，自己的电话唱起了歌儿来。陈玲打来了电话，他不想接，就摁了两下。电话不再唱歌。陈玲的短信就过来了，说能不能一起吃个饭，祝贺他走马上任。

还没看完信息，王志敏的电话就又打了过来。他本来也不想接，可是想到上次在蒂儿梦洗浴中心的事儿，就整理了下情绪，接听了王所长的电话。

王志敏说："哥呀，祝贺祝贺。"

凌解放说："感谢兄弟。这有啥祝贺的。"

王志敏又说："那个陈玲，喊着吃饭呢。说要为你庆祝呢。"

凌解放还没插上话，王志敏说："我一会儿给你发地址。咱们就择日不如撞日吧，说不定咱们俩定的时间又有啥事儿呢。"他想想也是。虽然工作上了个台阶，昨晚回去讨好地给符金英说，符金英连理他都没理，坐在客厅里继续看肥皂剧。

陈玲把吃饭地点定在高新的"楚汉锦绣"，一家正宗的湖北菜馆，味儿很是正宗。她分别给凌解放、陈爱国、王志敏、郭刚几个人发了信息。王志敏又叫了三个自己的伙计，加上陈玲一共八个人。进了包间，郭刚说自己是湖北人，湖北菜以烹鱼见长，例如荆沙甲鱼等。大家都嚷嚷着让他点菜。

郭刚说："点就点，也让我做一回主。"

大家笑说："快点。点硬点。今天我们要给凌专委祝贺呢。"

郭刚就把服务员喊过来，说："点菜，点菜。"服务员拿过来一个平板电脑，他用手划拉几下。一会儿，花生拌脆骨、凉拌牛板筋、凉拌鱼皮、卤水花甲、卤水扇贝肉、海鲜丸子六个凉菜就在桌上转圈了。热菜么，他点了荆沙甲鱼、应山滑肉、红烧野鸭、排骨藕汤、毛氏牛鞭、黄陂三鲜。共六凉六热。酒是王志敏拿来的，飞天茅台，一箱六瓶。他喊着这是自己存了多年的，一般人喝不上，喝上的都不是一般人。

凉菜上齐后，大家都喊着说凌专委端第一杯。凌解放推辞不过，就说："喝，喝。"大家都端起酒杯，第一杯下肚。第一杯喝完，大家又让王志敏端第二杯，说是他拿的酒，大家都感谢下。第二杯酒又完。第三杯，留给了陈玲。陈玲不肯端，说今天自己确实也高兴，但是有这么多领导，她端第三杯不合适。后来再三推不过，就端起来自己先喝了。她喝完了酒，就说自己的事儿还得大家操心呢。大家都哈哈地笑，说："是，是，是。你的事儿就是我们的事儿。"

三杯酒喝完，他们就开始相互之间地觥筹交错。郭刚今天不喝，说自己感冒刚好，吃了头孢，药劲儿还没散，喝了自己就倒了。他还说，这次不喝是为了下次继续喝嘛。酒这东西，粮食精，越喝越年轻，他还想继续年轻呢。

他说大家喝好，热菜慢慢地上来，每上一道，他就给大家介绍。说甲鱼，这是个好东西。这东西吃了滋阴壮阳，美容养颜，在座的男女皆宜。还有毛氏牛鞭，专治男性腰膝酸软，四肢乏力，还有就是这东西富含胶原蛋白，是女性美容之佳品。

郭刚还说，他二十岁时，连续吃了两顿甲鱼，当时就把自己吃得流鼻血哩。

听他说完了话，大家说郭刚这家伙，确实是油腻中年男人，总是想着补这补那，把自己补得跟犍牛一样，是要夜夜做新郎呀。

郭刚作为大学教授，有段时间特别喜欢和女学生喝酒，而且是沾酒就醉。经常是热菜还没有上，他自己就溜到桌子底下去了。主要原因是女学生敬的酒，说："教授我的考试要过要过，六十分万岁，多一分就是浪费啊。但是这酒，不喝就是浪费啊。"在座的女学生都给他端酒，他都给面子一饮而尽。许多不喜欢学习的学生掌握了这个规律以后，都喜欢邀请他喝酒，女学生排着队给他敬酒，他都一一笑纳。有次家属院的一位嫂子说："郭刚你昨晚是不是又喝多了？"他笑着说没有。嫂子说："你从一楼单元门口吐到了九楼，你都不知道啦。"郭刚连着说"对不起对不起"。

桌上的酒一巡巡地喝着，五瓶已经见了底。凌解放说："好酒常有，知己不常有啊。"

最后一瓶，交给了凌解放。他和大家继续碰杯，已经喝得脸红脖子粗。

郭刚说："明朝冯梦龙有句名言：'饮酒不醉最为高，好色不乱乃英豪。'"

凌解放说："知己在一起，不存在谁喝多的问题。"他就端起杯子和陈玲喝。

陈玲说:"我已经多了啊。"不断地用手摸自己发红的脸庞。

凌解放说:"喝,喝。喝酒就是手端平,左右行,望星空,鸟叫声,探照灯,倒挂钟!"

大家都说这是啥呀,他笑说:"喝酒六部曲么。"他解释说白酒很难以下肚,仰着头看一圈,像是望星空,然后"吱"的一声鸟叫,干了,再然后把空杯子让大家看一圈,探照灯模样。

陈爱国说:"我领导豪爽,酒风代表作风!"说完他就端起一杯,说敬领导,自己跟着领导这么多年,如今领导当了专委,其实就是副院长,以后多照顾,多提携。还很诚恳地说,这几年幸亏了凌解放的栽培。

他又端起一杯,给凌解放说:"领导,我再喝第二杯。你高升了,处长的人选多考虑下我。"说完了话,哧溜一声又喝完了。

王志敏和自己的三个伙计也端起了杯子,要一起敬凌专委,还说:"咱们公检法是一家,说不定哪天领导就到公安领导我了。"三个伙计说:"是是是,欢迎领导。"

凌解放又要和陈玲喝酒,说:"来,妹子。咱俩再走一个。"

陈玲倒了半杯,说确实不能喝了。

凌解放说:"你是女中豪杰,这红绳绳,白瓶瓶,过了期的黄水水是粮食精哩。"

最后一瓶酒喝完,大家总觉得还有些意犹未尽。王志敏的伙计就说自己车上还有几瓶,说着就出门去路边的车上拿。

陈玲说："不敢拿了呀，咱们来日方长啊。"

陈爱国说："一家子，咱们俩今晚还没咋喝哩。"

陈玲说："下次，下次么。"

陈玲的话还没说完，两瓶茅台酒就已经上了桌。拆开了瓶子，凌解放拿过去一看，说："好有年份的酒哩。"

郭刚就伸长脖子一看，说："呀，十五年前的啊。"

大家都说："喝，喝。好酒啊。"

两瓶酒又即将喝完，凌解放站起来，说出去上厕所，你们先喝。凌解放从楚汉锦绣酒楼出来，走到了路边的城墙根上尿尿。尿完了，提裤子一回头，一个趔趄滑倒在了地上。

包间里的酒已经喝完，大家都没等到凌解放进包间来。王志敏就出来看，男卫生间的每个蹲位都没有，就在门口张望。刚张望时，自己的电话响了起来，是凌解放的电话。电话刚接通，就听见一个陌生男人的声音。

男人说："喂，是王志敏吗？"

王志敏说："是我，是我。你是谁？"

男人说："你认识这个电话号码的人吗？他在城墙根的路边躺着呢。"

王志敏慌了，就循着声音跑了过去。他过去，那个热心的男人说他路过这里，看见有个人躺在地上，满身的酒气儿，他就拿着这个人的手机，以面部开锁的方式打开了手机，选择他最后一个联系的人。王志敏一看凌解放，已经成了一摊泥，便跑过去喊陈爱国、郭刚和陈玲，王志敏的三个伙计也跑了过来。他们知道已经这么晚了，把凌解放送回去也进不了家门，就商量了下，架着胳膊把凌解放送去了路旁的速8酒店。

到酒店前台登记房子时，要住店客人的身份证。说公安部门要求住店客人必须实名制。大家都没带身份证，这时王志敏掏出了自己的警官证，前台说："要不你们把人送医院去吧。"

王志敏没有理服务员的话。郭刚和王志敏的伙计就扶着已经没有醒意、七扭八歪的凌解放站在那里，等着房卡。办理了房卡，他们就把凌解放扶到了508房间。凌解放经常喝醉，喝醉就不回家了，在酒店过夜。他们几个把凌解放摆放好，盖好了被子，就关灯出了门，四散而去。离开酒店时，陈玲说："要不你们几个男人，谁留下来陪着，万一凌解放有个啥事儿。"郭刚还开玩笑说："要不你陪着？"陈玲没理郭刚，就打了出租车回了家。

第二天早上十点多，酒醒了的王志敏跑到酒店来看凌解放，用房卡刷开门，傻了眼。只见凌解放头在床边吊着，满地的污物，凌解放的鼻孔脸庞上，污物已经沾满。

王志敏一手扶住凌解放的头，大声地喊着："哥，哥，你醒醒。"凌解放一丝不动，他把手搭在他的鼻子上，还微微有呼吸。王志敏就掏出电话，给他的伙计打电话，说赶快叫120来。120急救车五分钟就到了酒店的门口，出诊的医生看了看，就赶快把凌解放抬上了车，鸣起警报向最近的高新医院跑去。

在路上，王志敏给陈玲、陈爱国也打了电话，说凌解放病了，现在在去高新医院的路上，让他们也过来。当然人命关天的事儿也得给符金英说，他们也没有符金英的电话。凌解放的手机设有密码，他的眼睛闭得紧紧的，也无法用面部解锁。王志敏就让自己的下属去省信访局去找，让她赶快来医院。

到了医院，王志敏楼上楼下地跑着，推着凌解放开始做各类检查。CT结果出来，显示有颅内出血，且不断增加中。民警找到符金英时，她还在开会，民警就让会服人员把她叫了出来。

符金英出来，一看是身着制服的民警。就问怎么回事儿。民警说，凌解放病了，人已经送往高新医院，让她也赶快过去。符金英扭头问是什么病。民警说他一无所知。符金英说好，她开完会就过去。

符金英最近很忙，又到了国庆的日子，尤其是今年北京有大会。他们总是外松内紧。她进会议室时，局长正在讲话。从将长年的信访户稳控在当地，到驻京人员分配，当地火车站、机场布控，再到北京的马家楼等等，一一都做了安排。符金英被分到了北京，马上就要收拾东西，出差。局长重视的原因，就是前几天有一城中村拆迁安置，四户人认为分房制度不合理，去省委的信访室，被街道办接了回去。他们二话没说就跑到了中南海门口。人虽然被带回来拘留了，但是省里被国家通报，省信访局局长有责任。现在更顾不上说季度考核被扣分的事儿了。

凌解放又病了，这不是忙中添乱么。她会后就向高新医院去。到了医院，医生给符金英说了情况，病人随时都有停止呼吸的危险。王志敏一见符金英，说："嫂子，你可来了。吓死我了。"符金英认识王志敏，又问好端端的一个人，是怎么回事儿。王志敏就说了昨晚的经过。符金英表情凝重，王志敏这个话匣子顿时就变得默而不语。

几个人在重症监护室的门外，像木偶一样站着，一直到了晚上。王志敏的伙计买来了肉夹馍，让几个人吃。符金英没有接，王志敏也没有接，陈玲没经见过，也是紧紧地把包抱在怀里，目光在符金英和王志敏脸上游移。时间嗒嗒地过去，分秒没有停歇，十二点四十分，医生护士一阵忙忙乱乱，符金英和王志敏，僵硬的身体突然站了起来，向里面张望，拦住问医生。医生说凌解放头颅内的血量还不断在增加，如堰塞湖般。说完摇摇头就忙开了。

王志敏一个大男人，突然蹲在地上抽泣起来，嘴里自言自语，说自己的师兄身体那么好，谁也没料想昨晚喝个酒就到了今天这般情况。符金英突然如发怒的狮子，说："喝么，喝么！这会儿哭丧啥呢？"

她又说："我告诉你王志敏，这老东西万一有个三长两短，你们都是拴在一条绳上的蚂蚱。"

陈玲看符金英生气，就过去安慰。说："嫂子你别生气，咱们要相信医生。"

符金英用手拨开了陈玲，说："谁是你嫂子！你是个干啥的呀？"

陈玲就尴尬地把手缩了回来。大家都紧紧地盯着重症抢救室那扇门。陈玲想那扇门能早早地打开，医生和他们说，病人抢救过来了。这个病人对她来说，如此之重要。他不仅是法院的专委，更重要的还是她的办案人。万一凌解放有个三长两短，自己的事儿可能就成了断线的风筝，又会摇曳十年八载了。

她偷偷看着符金英，这女人虽然有了年龄，但是身材还是那么好，高跟皮鞋，短发，一身时尚的套装，显得是那么干练，不愧人家在省上单位工作啊。她又看看自己，邋遢至极，这些年身体也慢慢地塌陷下来，皮肤蜡黄，没有一丁点儿成熟女人应有的气韵。

11

　　凌解放死了，最终没有抢救过来，就在那夜凌晨一点。当医生打开门宣布这一噩耗时，王志敏又哭了。符金英那会儿没有发脾气，只是表情更加沉重。他们都进去看了一眼静静地睡过去的凌解放，陈玲捂着嘴，呜呜地哭个不停。她长这么大，第一次见一个已经失去生命的人。甚至可以说，她第一次见没有了生命且与自己打交道最多的人。

　　符金英转过来盯着她，她就赶快止住了哭声。医生让死者家属签了个字，并征询是否要将死者送往殡仪馆。他们这里和市殡仪馆一直合作比较好，打个电话，那边的车就过来了，且服务热情。符金英说，人先放在太平间，费用她来交。她最近还没空儿来搭理这些破事儿。医院的人就说好好好，符金英就去办理了手续，王志敏、陈爱国、陈玲这些一个夜晚没有睡觉的人，都傻在了那里。甚至说，自从那晚在送凌解放回宾馆时，他们喝过酒的醉意就一下子消失殆尽。就连昨晚的瞌睡虫，爬都没有爬上头来。

王志敏说："咱们都各自回吧。凌哥的死，咱们也有责任哩。"

陈玲问："啥责任啊？"

王志敏说："连带责任。"

陈爱国说："是。咱们下来再说。"

说完了，几个人都从高新医院出来，各自散去。陈玲刚上了出租车，电话响了，她一看是程翠英，就接了。程翠英问她："最近在忙啥呢？"陈玲支支吾吾地说："瞎忙。"程翠英就约着两个人周末逛SKP，说新开的SKP都是一流的大牌子，这几天好像也有折扣呢。

陈玲回到家，洗了个澡，就躺在床上迷迷糊糊地睡了过去。她梦见了凌解放，凌专委还是坐在自己原来的办公室，一根接着一根地吸烟，向她诉说符金英的种种不是。甚至还和她笑嘻嘻地说："那个锁阳是个好东西，真是个好东西啊。啥时候再弄来一些。"他还说，过去市场上有一种叫作惠康肾宝的药，他也是买了在办公室，偷偷吃了不少，什么鸟作用都没有。他又说："我不喝酒还干啥去么。"他喝酒还经历了几个阶段，刚开始时是猫量，喜欢人多多的，又醉得快。后来到一个人喝，喜欢寡言独处，然后就迎风哭。再到后来，和伙计们喝，谁还没几个伙计呢，酒量就出奇地大，喝不多，到现在喝多了就不想回家，回家门难进，脸难看，还不如睡在宾馆里自在一些。

陈玲一下子醒来，身上出了冷汗。难道凌解放还活着吗？她可是亲眼看着他被推进太平间啊。拿过了手机一看，已经到了快五点。单位六点就下班了，去了也没啥意义，就穿上衣服，照了照镜子，在小区的院子地下晃悠着散步，想心事。

周日，陈玲如约和程翠英在SKP见了面。程翠英的气色还是那么好，陈玲却满脸蜡黄透黑粗糙。她俩刚走到了一款化妆品柜台前，察言观色的售货员就拉着陈玲推荐他们最近款的套装，滔滔不绝地讲解起来。说卸妆洁面、肌肤水乳、美白精华、晚上补水等等，还拉着她免费试妆。程翠英就随声附和说："试试试试。好了咱们买，不好也没关系，反正咱们逛街就是打发时间啊。"陈玲就被拉着坐在了化妆镜前。几个姑娘就扶着她的下巴洗洗刷刷、涂涂抹抹地工作了起来。折腾了半个多小时后，陈玲就跟变了个人似的，变成了当年的那个大美人儿。陈玲看着镜中自己面目绯红且有些娇羞的样子，套装盒就顺手买了下来。

程翠英说："你咋平时不太收拾自己哩？"

陈玲说："唉，我平时大大咧咧，不太在这个上面花时间。"

程翠英说："好娃哩，人都说男人到老都喜欢美女，这也是做女人的资本啊。"

陈玲就笑了笑，说："收拾了也没人给看，就邋遢了。"

程翠英说："你一直没找人？"

陈玲说："没，没有。"

程翠英张大了嘴巴，说："啊，哦哦。那我留心给你再介绍啊。"

陈玲说："不急不急。官司还没打清呢。"

程翠英说："没个男人咋行呢。你还年轻。人常说，少来夫妻老来伴么。"

陈玲笑笑说："姨，我已经习惯了。"

SKP商场人头攒动，高端奢华、流行时尚的国际顶级品牌琳琅满目。程翠英给吴光明买了件衬衣，万把块钱，轻轻松松地刷卡买单。她自己试了好几件儿，但都没有买，说等换季前再说。逛完了，她们两个就去楼上吃饭，两个人在一家牛排馆点了两份牛排，一边吃着一边又聊起了男人，再到后来还聊起了夫妻生活。甚至还说了她家的吴光明，最近这阵子表现很好，出去喝酒少，回家吃饭多，不再经常喝得酩酊大醉，他都是为了工作和自己的关系，不喝也不行啊。她说吴光明会顾家了，可能是在单位管的事儿少了，请他吃饭和送礼的人也就不再追随。陈玲刚和程翠英分开，电话就嘟嘟嘟地响了起来。她一看，是王志敏所长，就接了起来。

王志敏说："妹子，法院传票来了。"

陈玲一愣，说："啥传票啊？"

王志敏说："凌哥尸骨未寒，符金英把咱们告到法院了。"

陈玲说："凭啥呀？"

王志敏说："那晚咱们一桌人都是一条绳上的蚂蚱啊。"

陈玲刚和王志敏挂了电话，自己的电话又响了，是个座机号。她接了起来，是法院的电话，说法和王志敏说的一样。

随之，郭刚还有王志敏的几个伙计都接到了法院的电话，要求他们去领法院的传票。王志敏通过朋友，问了高新医院的朋友，凌解放的尸体还静静地躺在太平间里，符金英却把他们告到了法院，要求他们赔偿，尤其是法院没有判决前，凌解放的尸体就无法去城南的凤栖山殡仪馆火化。

法院开庭的日子到了。王志敏和陈玲等人都坐上了被告席。凌解放的妻子符金英及其儿子以生命权纠纷将当日与凌解放喝酒的人起诉至法院。

符金英称，为了搞清楚凌解放的死因，她申请对凌解放进行法医鉴定。经过法医检查，凌解放由于醉酒不能自控，不慎滑倒后脑勺着地，造成脑出血，还有就是酒精中毒之后，呕吐物进入呼吸道窒息而死。被告人没有及时将凌解放送至医院抢救，对凌解放的死亡存在过错，要求赔偿死亡赔偿金、丧葬费、精神抚慰金等共计二十二万余元。

法院审理认为：过量饮酒引发疾病甚至导致死亡是一个基本的常识，对此无论是死者凌解放，还是本案参与饮酒的被告人均应知晓。被告对凌解放当天饮酒的过程和饮酒的程度完全知悉，作为共同饮酒人，被告人均未履行相应的帮扶义务，应承担相应的赔偿责任。从酒店监控视频来看，酒店前台已尽到救助义务和安全保障义务，酒店经营者不承担赔偿责任。凌某作为完全民事行为能力人，应当意识到过量饮酒会给自己带来的后果，但却没有引起足够的重视，最终导致死亡，其本人对损害的发生有重大过错，应承担主要责任。王志敏作为组织召集者，陈玲作为邀请凌解放参与宴席者，郭刚等人作为共饮者，未能劝阻凌解放过量饮酒，在他严重醉酒后，未采取有效措施防止其醉酒后意外事件的发生，应承担轻微责任。酌定凌某自行承担40%的责任，被告王志敏、陈玲、郭刚、陈爱国等人共承担60%的责任。最后，法院依法判决被告的七人分别赔偿凌解放的家属二点二万余元，七日内支付到位。

从法院出来，几个人都哭丧着脸，看在凌解放至今还在太平间的分儿上，商量着下午把赔偿的钱到位。他们坐在面馆里，每人要了一碗棍棍面，谁也没有吃完。

陈玲还抹着眼泪，说："凌专委就这么走了吗？"

陈爱国说："我们应该送一程凌大哥呀。"

王志敏随声附和，说："是，是。"

凌解放火化的日子定了，他从进入太平间到殡仪馆，一个人在这个世界上悄无声息地躺了近三个月。单位的人几乎都忘了他的尸体还在这个世界上。简单而又无仪式感的遗体告别仪式按部就班地进行着，这几个曾坐在被告席的人都悉数参加，几个人眼圈儿都红红的，谁也不再说话。

人啊，来到这个世界上，每天都匆匆忙忙地奔波着，明天的时光都是一条未知的路。生来落地都是哇哇地啼哭着，当在未知的日子告别这个世界时，别人的眼泪是在做最后的离别。结束了凌解放的告别仪式后，陈玲回家躺在床上眯了一会儿，她在梦里又见到了凌解放。凌解放给她说："妹子，这事儿不怪你们谁。我冷呢，我在那个鬼地方躺了那么些天，符金英没有来看过我一次。你说人家常说夫妻本是同林鸟，为啥心思都是各自飞呢？如果有来生，我再也不会选人家富贵大小姐做媳妇了，我是吃过亏了。"说完了，凌解放就闭了眼。陈玲忽地醒来，家里还是自己一个人，时间已经到了下午，一天就这么过去了，过得无味而无助。

12

有一天，陈玲正在单位发呆时，接到了庄泽亮的电话。

庄泽亮说："嫂子，我是庄泽亮。"

陈玲说："你好呀，好久没联系了。"

庄泽亮说："给你说个事儿，不知道该不该说。"

陈玲说："有啥不敢说的。咱又没做贼。"

庄泽亮说："路明回来了。回来开会的。"

陈玲说："哦，回来了就回来么。"

庄泽亮说："我听我原来同事说呢，今天在单位开会呢。"

陈玲说："我还在单位呢。"

庄泽亮听陈玲没有一点儿激动，说："嫂子你别嫌我多嘴啊。我知道你这些年一直心里有这个梗呢。"

陈玲说："他走他的阳关道，我过我的独木桥。"然后两个人就挂了电话。路明确实是回来了，回来开会。他在纽约已经待了好几年没回来了，公司在美国的业务也艰难而富有成效地开展着。可是，最近几个月面临着国际社会广为关注的问题。

美国将他们总公司列为管制的名单，不再允许他们提供设备和技术服务，其实就是对他们进行制裁。这事儿对于路明来说，自己已经是焦头烂额。这种事儿，在国家与国家之间，是常常发生的事儿，可是对于路明来说，自己在纽约是坐不住了。对于公司来说，美国市场一直走在全世界前列，自己现在又是美国市场的负责人，不上火才怪呢。他曾经有几天都吃不下饭，睡不着觉，一直在思索和关注着所谓经济贸易的冲击。这些大问题是政治和经济学家思考的问题，他更多思考的是企业用户，这可是命根子和财神爷啊。

自从孩子出生后，小冉的心思就放在了孩子身上，她经常喊着累，说每天要不停歇地照顾着两个孩子。一个大，一个小，大的是半自理状态，这主要说她每天要给路明熨烫衣服，他总是马马虎虎，不收拾利索怎么出去见人呢。还有一个小的，刚牙牙学语，不好好教育将来长大了怎么能跟上美国的节奏呢。

路明在公司开了三天闭门会议。会议期间，楼下的保安不敢有半点马虎，个个都挺直了身子，对每个进进出出的人都严加管理。陈玲那天晚上去了路明公司，她站在对面，看着楼上的灯光一直亮着。从手机新闻上，她多多少少地知道一些，可能没有关系的人，看完新闻后就不再关注。但是对她来说，这个公司的事还略知一些。

她站在那里，甚至不知道自己为啥突然做出来这里的决定。那个叫路明的人，曾经是这个城市里与自己最亲密的人，而如今，却显得是那么陌生。是他，让自己当年做出决定，留在这座城市。是他，让自己又无奈地走上离婚的路子。他是亲人，又成了仇人。她那时多么地爱他，而如今，又有厘不清的思绪。

陈玲说着，她即使看见他，自己心里也满足。可是，她又会控制不住自己的情绪，她甚至还想问，到底是为了什么，让他选择放弃一切。是小冉吗？是房子吗？他为什么就在当时狠心地做出离婚、再结婚的决定呢？

有人给她说，夫妻是这个世界最恨又最爱的人。恨他时，恨不得一刀就让他毙命。而往往去买刀时，却买了他最爱的食材，回来为他烹饪一顿美食。爱他时，恨不得把自己的心掏出来给他看。可是，这爱恨的事情谁又能说得清楚呢？她和路明，从爱到恨，从情到仇，而今天这个时候，两个人的一切又烟消云散，又风起云涌。

想着想着，就又回到了两个人曾经的家里去。自己的生活成了乱麻，自己是自己的主角。

回到家，她甚至想着，路明会不会走进这个曾经的家，说一句我回来了。她知道不可能，她曾经问过庄泽亮，路明过得很幸福，他和小冉有了孩子，那个小女孩也是儿子的妹妹啊，只不过是同父异母罢了，但是至少儿子在这个世界上还有一个与自己有血缘关系的人。她想着等自己老了，看着儿子与路明的女儿有来往，也是一件幸福的事儿。她甚至还会给孩子说，那个叫作路明的人是你的爸爸，小冉的女儿是你的妹妹，你应该去爱她。你爱她，就是爱爸爸，爱妈妈。自己的儿子在单亲的家庭中长大，这些年已经变成了男子汉，学习优秀，他会去国外上大学吗？

陈玲想着想着，就睡着了。这些年她从来没有想过这么多，可是路明回来的信息突然就点燃了自己心里深处那根火芯子，让它无尽地燃烧吧。

第二天早上起来，她给庄泽亮发了个短信：

"兄弟你好，感谢你昨天给我说了路明回来的事儿。麻烦你有空了跟他说，他的儿子很乖，我会照顾好。让他也注意身体，没有健康的身体，就没有现在和未来。谢谢你。"

看着信息发出后，自己又后悔了起来。突然觉得自己有些多情和卑贱。庄泽亮的信息很快就回复过来：

"好的嫂子。路哥这几天很忙，估计都没睡上好觉。等他忙完，我一定转告他。我想在他干完工作后，一起吃个饭。他当年帮我不少，把我从菜鸟改变成了主力，这份感情我始终记着呢。"

看完庄泽亮的信息，陈玲笑了笑，放下了手机，开始打扫起房间的卫生来。路明的衣服还在家里那个柜子里，一件儿都没有少。

路明回来开了三天会，连夜就去了机场。他还要在北京办事。当飞机起飞时，已经是凌晨。他收到了庄泽亮的短信，一直没顾上回。尤其是他看到了陈玲二字。他知道陈玲把自己告上了法庭，法庭也做了判决。他有时候有心去想这些事，却觉得力不从心。就给庄泽亮回了信息，表示歉意。说时间紧，没来得及相聚，以后还来日方长。

庄泽亮约陈玲出来见面，在一家咖啡厅。陈玲把自己打扮了一番，就来了。庄泽亮胡子拉碴，正坐在靠窗户旁边的桌子旁，喝一杯拿铁苦咖啡。见陈玲走了进来，就站起来向陈玲招手，说："这里，这里。"

庄泽亮说："嫂子，请坐。给你点了一杯焦糖玛奇朵。"

陈玲坐了下来，把裙摆收了收。她今天穿着一件漂亮的连衣裙，加上从SKP买来的护肤套装的精心打扮，人看上去了年轻了好几岁。

庄泽亮说："嫂子今天打扮得很漂亮啊。"

陈玲说："人靠衣裳马靠鞍么。"

庄泽亮就笑说："气质可不是装出来的。"

陈玲说："谢谢夸奖。叫我干啥呢？"

庄泽亮说："没事，好久不见了。想了还不行么。"

陈玲说："瞎扯。小心你媳妇挠你的脸。"

庄泽亮说："她挠不上了。已经没机会了。"

陈玲一声啊，说："你说啥呢？"

庄泽亮说："离了。"一脸的不屑一顾。

陈玲说："你疯了吗，还是发烧了？"

庄泽亮说："我好着呢。别人劈腿了。"

陈玲不知道说什么，就端起杯子呷了一口咖啡，又拿起一张纸巾沾了沾唇边的口红，抬头一直盯着庄泽亮，一脸的惊愕。她说："为什么呢？"

庄泽亮说："全职太太做腻了。"

陈玲说："那还不好吗？"

庄泽亮说："不说了，离了都冷静下。"

庄泽亮的妻子原来在工商局工作，和庄泽亮结婚生了孩子后，由于没有人带孩子，她又是聘用工，就辞职回来在家做了全职太太。庄泽亮的工作忙，前些年一直和路明都在公司的研发部，经常出差，他对家里唯一的贡献就是每月媳妇手机里收到的工资短信。妻子辞了职，他内心还是有一些愧疚。为了家庭和孩子，妻子放弃了一切。尤其是有了孩子后，她整天就像个保姆一样，照顾孩子的一日三餐，打扫家里的卫生，每天按时出去买菜买水果，庄泽亮的衣服袜子洗得干干净净，熨烫得平平展展。

孩子慢慢长大，送到了学校里。妻子就突然觉得自己空闲了下来，她也给庄泽亮说过，想出去找个清闲一些的工作，学财会出身也比较好找，但是每天五点得按时接孩子，陪孩子完成学校布置的一大堆手工作业。妻子先是在网上发了简历，哪怕是财务代理公司也行，只要每天能有时间照顾好家里就行。庄泽亮觉得，妻子那样太辛苦了，就劝说好好在家里吧，反正他每月的薪水能够家里花。有次周五的晚上，妻子告诉他，要去洛阳玩，顺便见一个老同学，他说了不同意，可是妻子执意地收拾行李，内衣外套地向箱子里装，装完了就去洗澡。庄泽亮想，今晚是可以温存一下了。每天忙忙碌碌，加上孩子，他们两个的夫妻之事越来越少。妻子原来和他约定俗成的暗号就是今晚早点睡，妻子哄孩子睡着后，自己就爬过去翻云覆雨了，算是交了公粮。庄泽亮常常出差和一群男人在一起时，大家讨论最多的就是夫妻之事。其中有个年轻的同事说，自己曾经是一夜七次，现在一月一次都少有了。他们就哈哈地笑着，说给他改名叫一夜七次郎算了。

庄泽亮和妻子不温不火，两个人需要了就亲热下，不需要了就各自睡去。尤其是有了孩子后，孩子睡在夫妻俩的中间，每次庄泽亮听见孩子睡着了，才翻过去求爱。妻子洗澡去了，微信一直嘀嘀地响，他就过去拿起妻子的手机看，手机设有密码，他试了两次，终于打开，密码是自家银行卡上的密码，也是孩子的出生年月日。一长串儿甜蜜的语言，看得庄泽亮眼冒金星，全身的血都涌上头来。他听见妻子洗完了澡，就关了手机斜躺在了床上。妻子从卫生间出来，问他洗不洗，他说洗不洗都无所谓。

妻子吹干了头发，给脸上贴上了一张面膜，就躺了下来。他看妻子拿起手机看了看，又看了看他，一副若无其事的样子。他问妻子，明天一早一定要去吗？妻子说和同学约好了能不去吗？语言里带着一些火药味。庄泽亮就凑过去，说孩子睡了，能那个下不？每次夫妻之事，都是在他的再三请求下，妻子同意后他才能一个人完成活动。妻子躺在那里，一动不动时，自己有时候觉得实在是无趣，就软了下来，甚至有几次体内的液体还没喷发出来，自己就泄了气。他的话刚完，妻子就说："你烦不烦啊？"

庄泽亮实在没忍住，说："你不是明天就要去找那个不烦的吗？"他的话刚完，妻子就母豹子似的，翻滚过来说他凭啥翻看自己的手机。

庄泽亮说："汪娟，你把我当啥了？"

汪娟说："我的事，你管不着！"

庄泽亮说："我凭啥管不着！"两个人就吵了起来。庄泽亮婆婆妈妈地说了一大堆，意思就是说他在外面低三下四看领导脸色干活，就是为了多挣一些钱回来，都是为了汪娟为了家庭云云。

汪娟说："你爱。你爱那样。"又机关枪似的说，"你就是挣了几个臭钱么，就盛气凌人，我在家每天照顾娃做饭洗衣我就没有贡献了，没有我你能去安心工作吗？"说得庄泽亮一时说不出话来。就把那个男人给汪娟发的微信内容说了出来。

庄泽亮说："你还把人家老公、老公地叫着，你叫过我老公吗？"

汪娟就骂道："你配做老公吗？配吗？"

庄泽亮说："我凭啥就不配了。"

汪娟继续骂："呸，你还配做老公呢！娃发烧时你在哪里？老爸住院时你在哪里？我孤单时你在哪里？你说，你说啊!"声音就大了起来。

庄泽亮气就不打一处来,刚要扑过去,孩子就啼哭了起来。两个人见孩子哭了,就不再多说。汪娟抱起孩子,"乖乖、不哭不哭"地哄着。庄泽亮就背过身去,躺在床边上睡觉,可是怎么睡也睡不着。他心里想,做人难,做男人更难啊。

汪娟哄睡着了啼哭的孩子,躺在那里也是一时没有睡着。微信里的那个人,是自己的大学同学。当年上学时追过她,她没有答应。去年大学同学聚会时一见,尤其是饭后都喝了酒,那男同学就在同学们的起哄下又进行了表白,他这么多年一直没有结婚,号称钻石老男童。那次聚会的后半夜,老同学就敲开了自己的门,她还没来得及问是谁,门就被推开了。汪娟听见声音是他,他二话没说就把汪娟抱起来扔在了床上。汪娟没有喊,隔壁还住着同学呢,酒店隔音也不是很好,睡前隔壁同学说黄段子时候她是听得一清二楚。

那个男同学有些鲁莽,迫不及待地就撕掉了自己的内衣扣子,她听见扣子滑落的声音,咬住嘴唇说:"你要干啥?你要干啥么?"男同学不说话,用嘴堵住她,也不让她出声,三分钟就哼哼哧哧地匆匆了事。第二天,汪娟扔掉了内衣和内裤,以家里有事为由,和几个女同学告了别,就回了家。

自从那次后,男同学就每天给她发微信,情真意切地回忆四年大学时光的点点滴滴,说他这些年来心里只有汪娟一个人。说得汪娟泪眼婆娑,好像这辈子亏欠最大的就是他。在大学时,汪娟从来没有想过要找一个男朋友,也没有想着要和男朋友发生关系。除了庄泽亮，那个男同学是第三个进入她身体的人。

还有一个男人，叫作刘建涛。刘建涛是河南人，在一家国企做总会计师，大汪娟十岁。刘建涛早些年与妻子离了婚，妻子带着孩子去了法国生活，他们是在一次财会培训会上认识的。刘建涛干练成熟，温文儒雅，一副黑边框儿的眼镜，看上去年龄和汪娟差不多。认识后，刘建涛给汪娟说，她是他见过的最漂亮的女人，她的气质深深地在他心里，令他吃不下饭睡不着觉，甚至汪娟还迎来了自己的第二春。后来就约着汪娟出去吃饭，是在这座城市最好的W酒店。汪娟第一次来这个地方，酒店奢华，甚至还有些夜店风，是年轻人喜欢和追逐的地方。酒店旁边是南湖，听说这南湖从秦汉就有了，唐朝时曾经还是武则天和唐明皇打猎游玩的地方，他们吃饭在西餐厅，西班牙风格，吃了饭，刘建涛就顺其自然地带着汪娟去了十九楼临湖的湖景房间。

进了房间，大床上一抹红锦如火焰般地在燃烧，汪娟知道要在这里发生什么。刘建涛脱掉了外衣，挂在了衣柜里，过来就脱了她的外套。初秋的南湖，花儿争艳，栾树的叶子已经开始变得有些鹅黄。刘建涛把汪娟抱到了床边的大沙发上，两个人就如鱼得水起来。自从那次后，两个人犹如新婚的男女，一有空就在一起黏连起来。

刘建涛说："亲爱的，我要娶你。"

汪娟说："我还没离婚呢。"

刘建涛说:"你今天办了离婚手续,明天咱们就在这里结婚。"

汪娟捂住脸,有些难为情和害羞。和刘建涛比,庄泽亮简直就不是个男人,每次仅有的例行的夫妻之事都草草了事,从来不顾及她的感受,也不和她交流,每次夫妻之事时,她就躺在那里,等待他一个人的快乐结束。

刘建涛担心汪娟不相信自己,有次在包里还带了自己的离婚证。如果说汪娟的那个大学男同学是钻石老男童的话,刘建涛就可以称得上钻石王老五了,虽然他曾经有过一段不愉快的婚姻。刘建涛确实会疼人,他每次都神算子般知道,庄泽亮出差了,不在家,就恰到好处地给汪娟发信息,说老地方见。老地方就是他们第一次去的那个 W 酒店,房间还是那个房间。每次不同的是他们合二为一时,体位的变化和情语的浓烈。

13

　　庄泽亮还不知道妻子汪娟与刘建涛的事儿。妻子一脸的无
所谓，让他离婚的念头在大脑里转了无数个轮回，最后选择了
离婚。孩子判给了妻子，这也是妻子最后的选择。他突然从妻
儿双全变成了离婚的单身汉。在这个城市里，他原来最不理解
的就是路明，为什么能做出那样的选择呢？这也是他一直和陈
玲联系的原因。他今天觉得自己和陈玲一样，都是同病相怜的
人，陈玲身边还有个孩子，自己就成了单身汉。家里的财产，
他和汪娟各自分了一半，自己每月给孩子抚养费，每月去看望
孩子一次。他接受了这样的判决，合情合理。最让他满意的
是，自己终于和那个不爱自己的人分开来，这样也免得以后后
悔却来不及。

　　汪娟离了婚，没有搬到刘建涛那里去。但是她和刘建涛

见面的次数，却更加频繁了起来。他们两个人就像认识了多年，虽然熟悉却还有些隔阂。刘建涛每次都认真且贪婪地要她满足自己，她都有些羞涩和难为情了。刘建涛在她身体后面进入时，总是说，"亲爱的，我要娶你，娶你"。可是从来没有坐下来好好地谋划下他们两个的未来，至少现在汪娟还没有感受到。

汪娟想，自己还带着孩子。孩子是自己身上掉下来的肉，只有自己带着才放心。她在刘建涛的安排下，去了那家国企下面的子公司上班，从出纳做起。她不接触财务已经好多年了，甚至已经忘记了最基本的流程和规则。尤其是自己的年龄，已经没有了和那群小姑娘争强好胜的优势，就按部就班地跟着。刘建涛和她约定，在公司体系内，就是上下级，甚至是上下下级，两个人不能眉来眼去，也不能相互暴露目标，要让两个人的关系在下班后行云流水，在上班期间陌生不语。汪娟也没有机会去刘建涛的办公室，汪娟在公司大楼的二楼，刘建涛在十七楼，汪娟就上去过一次，是公司的财务经理让她把报表拿上去，给十七楼的前台服务员，让服务员给刘总放在办公桌上，因为刘总不在。刘建涛在，送报表这种事儿财务经理也不会放过，肯定是自己亲自去了，这样还能给刘总顺水推舟地汇报工作，表表功劳。

汪娟把报表拿到了十七楼，十七楼前台的两个姑娘长得水灵灵的，柳眉杏眼，紧身的一步裙，胸前那两坨肉如富士山般高挑圆厚，自己已经不是她们的对手了。过了几天，刘建涛出差回来，猴急地让她中午去老地方，说几天不见，都想死了。快呀快。汪娟说，月经来了，去了也不行。刘建涛还是不行，说快。汪娟就说十七楼的前台姑娘不错，要不让她们去。刘建涛就戏骂，说兔子不吃窝边草。汪娟就说，那我就是你窝下面的下面的了。再三不过，她就去了。一进门，刘建涛就抱住她，抱得她骨头都快断折了。

刘建涛说："你去十七楼我办公室了？"

汪娟说："是啊，有人想我，我就去了。"

刘建涛说："不对，我不在你去干啥呢？不是不在单位见面吗？"

汪娟说："就是你不在，我才去呢。听说前台的姑娘很漂亮，我去认识了下，担心你偷腥呢。"

刘建涛的手就在汪娟的胸上来回摩挲着，诉说着这几天出差的辛苦。说自己跟个空中飞人一样，北京上海广州地飞，三天三个城市。汪娟这几天有月经，两个人就躺了一会儿，吃了饭分开各自回了办公大楼，上班去了。

庄泽亮又给陈玲打电话，说"你看报纸没？"

陈玲说："啥报纸？"

庄泽亮说："《环球时报》。"

陈玲说："咋了，有啥新闻。"

庄泽亮说："美国政府又松口了。"

陈玲说："哦。"

原来自美国禁令生效以来，路明公司的产品在价、量上并未出现变化，但从前一段开始，几乎所有搭载5G芯片的产品，拿货价都在上涨。路明公司的变化，正在牵动着美国供应链企业的神经。美国企业的财团纷纷向白宫施压，加之美国总统大选即将开始，美国商务部工业和安全局就给路明的公司松了绑。尤其是路明的公司自主研发的内核芯片，在不到一平方厘米、指甲盖大小的面积里，塞进了六十九亿颗晶体管。这个信息公布后，美国的供应链企业就坐不住了，美国白宫也着了急。路明还说，这高科技的竞争就跟棋手下棋一样，一步下不好，全盘皆输，一步走好，步步为营。

就在当天，庄泽亮还给路明发了祝贺旗开得胜的信息。他也止不住内心的高兴，就给陈玲打了电话。

两会又要召开了。陈玲本来这个期间要去北京找同学玩，自己最近一直没有出去过，想出去散散心。就在她订机票时，发现自己已经进了黑名单。陈玲知道，旨在限制法院被执行人高消费的"限高令"出台以来，失信被执行人，也就是大伙儿口中的"老赖"，是被限制不能乘坐民用飞机出行的，自己为啥就进了黑名单呢。她想来想去，觉得与上次去市政府上访有关。

陈玲就去法院找陈爱国，自从凌解放的事儿结束后，她忙得还没顾上和陈爱国联系。她走到法院门口，大门口不让她进，保安问她找谁呢？她一看，原来的保安已经不在这里，凌解放已经死了，她说找陈爱国，保安说陈爱国出去开会了。陈玲就拿起电话，给陈爱国打电话，电话响了三声，被对方挂断了。再打，还是没接就挂掉了。过了十几分钟，陈爱国发来信息，说是在市上开会。

陈玲扭头就向市政府走，她要把这件事弄个水落石出，幸亏最近单位没有安排她出差，否则这不是误事儿么。坐在车上，她始终在想，自己到底做错了什么，为什么就把她拉入黑名单呢，难道是怕她上访吗？这是哪一级领导定的呢？难道去市政府正常上访一次就成这样子了？上次去也正好，遇上了市长，可是市长忙啊。市长是这个城市的当家人，大事儿都忙不过来，哪能顾上她这么普通的群众呢？当然，上次挡住市长的车，也不是她的本意，可是市政府门口的保安，太把自己当回事儿了。她坐的出租车抛锚，能怪她吗？就不问三七二十一地呵斥着让赶快离开。保安呵斥谁呢？他站在那里挣那份工资，但是至少要有能够代表政府的形象啊。人民政府就是为了人民，难道人民来到政府办事儿就这样对待吗？陈玲越想越生气，尤其是把她拉入黑名单的人，她觉得她跟他们没完。

到了市政府门口，她就要进门，被保安拦了下来，要单位的介绍信，要身份证，然后去窗口登记才能进入。陈玲没带身份证，单位也从来没有给她开过介绍信，她就说找市信访局局长何红星。保安说，要么你给何局长打电话，要么去旁边的信访接待中心。

陈玲没有何红星的电话，上次在市政府门口见过一次，没有留下什么好的印象，她觉得何红星是以踢皮球的方式对待她。就去了信访接待中心，一进门就问何局长在哪里，四处寻找。工作人员说开会去了。陈玲心里想，政府这会咋这么多呢。一个工作人员接待了她，问："你有什么事反映？"陈玲说："你解决不了。"工作人员就说："那你就把你要反映的事儿写个材料，我们给领导反映，或者你打市长热线。"

陈玲问："市长热线是多少？"

工作人员说："12345。"

陈玲以为工作人员敷衍她，说："你咋不说678910呢？"工作人员再三给她解释，说："12345热线就是用来帮助诉求人解决生活中所遇困难和问题，是市委、市政府关注民生、倾听民意的平台。"

陈玲说："市长还有空接电话？"

工作人员又说："12345不是市长接听的，是相关工作人员记录百姓诉求后交办到相关单位，然后相关单位落实后反馈过来，工作人员再给反映人答复意见。"

陈玲才走出了信访接待中心的门。她来，没见上何红星，政府的大门都没进得去，她埋怨自己今天就为啥没带身份证呢。她又给陈爱国打电话，电话通了，陈玲问陈爱国谁把她拉入黑名单了？电话那头，陈爱国说："真不知道啊，肯定不是法院。"让她要不问问派出所和街道办。陈爱国还说，"这不可能啊，你又不是老赖，谁把你拉入黑名单干啥呢？"陈玲说："我他妈也不知道，想去北京还去不成了。"陈爱国一听陈玲要去北京，就一阵紧张，哦哦了几声就挂了电话。

陈玲又给王志敏打电话，电话一直没有打通。她打算下去西南派出所问问王志敏。王志敏在派出所当所长这些年了，应该更加清楚。到了下午上班时间，她就去了派出所。走进派出所，她问王志敏在不？民警问她来办啥事儿，陈玲说有事儿找呢。民警就问能帮她吗？百般的热情和周到。陈玲心里说，最近这些民警的工作态度咋这么好呢？正好遇上上次吃饭时王志敏带的一个伙计，那个民警一见是陈玲，就姐长姐短地喊着，陈玲问他，说："王所长呢？"民警看了看别人，把她拉到了一边，说王志敏最近摊上事儿了。民警说着说着，就给她道出了原委，听得陈玲一阵紧张。

在西南派出所管辖的片区路对面，有一个特别大的水产品批发市场。批发市场里有来自河南的男子黄振业，前几年在这个批发市场一口气开了三个店，没想到卖什么就赔什么，黄振业是借了亲戚朋友一大堆人的钱，还从银行贷了一笔。水产店经营了几年，弄得自己负债累累，整天以喝酒麻醉自己，而且看着别人的生意又红红火火，已经有些愤世嫉俗了。

黄振业旁边是一家四川夫妇的肥肠米粉店，每天从早到晚的人络绎不绝，虽然是个苍蝇馆子，但是慕名而来的人都喜欢那个正宗的味道。有天肥肠米粉店门口放钱的抽屉丢了五百块钱，因为都是面值一百的，老板娘记得很清楚，她压在纸盒子下面了，可就是怎么找也找不见。有人说看见早上黄振业一直在她的店门口晃悠。快嘴利舌的老板娘就问了黄振业，两个人就吵了起来，吵得整个批发市场人人皆知。过了几天，老板娘的钱找到了，没有丢，是掉在抽屉下面的纸箱子里去了。

黄振业那几天早上来，都要骂上老板娘几句，老板娘说钱找到了，黄振业却不依不饶，要求她挨家挨户去说，钱找到了，黄振业不是小偷。这样才能证明自己是清白的。老板娘却不肯，两个同是开店的人，却成了冤家，市场管理处的人来调解过几次，老板娘不去道歉，黄振业就觉得这是奇耻大辱。

有一天晚上，睡在店里的黄振业喝过了酒，听见肥肠米粉店的门开了，他知道这是有人出来上厕所。黄振业就拿着自己杀鱼的刀冲出去，一阵乱刺。老板娘刚出来上厕所，见黄振业如猛兽一样扑出来，一个趔趄就向自己店里冲，一边跑一边喊，直到自己倒在了血泊中断了气。黄振业杀人红了眼，又将躺在床上的老板娘的女儿刺死，这才出来关了肥肠米粉店的门。

杀了人，黄振业又回到自己的店里，换下了带血的衣服扔在水池子旁，又把杀人的刀用袋子装起来，放在自己电动自行车前面的筐子里，这时天已经到了黎明时分。黄振业骑着电动自行车不慌不忙地来到西南派出所投案自首。他进到了派出所，把电动自行车停放在派出所的办公楼前，走进一楼的值班室，便大声喊："人都到哪里去了？"西南派出所有五个民警在值班，其中三个民警出警去了，两个趴在桌子上打瞌睡。黄振业看见两个民警还没醒来，就又喊："我杀人了，来自首的。"

一个民警让黄振业到大厅坐下来，问他在哪里杀了人。黄振业说就是在对面不远的批发市场商铺，杀了那个丑婆娘和一个孩子。民警就给出警的值班副所长打电话，说："所里来了一个喝了酒的男人，说他杀了人，而且还是两个。"

副所长想了想，说："你先叫他坐下来慢慢说，把他看好，咱们再进一步查明情况。"

这个民警是今年刚通过招考进来的，还在实习阶段。再三又问了黄振业杀人的地点，黄振业还是说在批发市场啊。民警说你这案发地不在我们辖区啊，我们辖区是市场以南，市场以北属于西北派出所。并给西北派出所的值班室打了电话，要求西北派出所来人接黄振业，西北派出所值班人员说："你稍等，我得请示领导。"值班人员就将西北派出所转来的电话内容给值班副所长做了汇报，副所长骂了一句："妈的，不知道啥叫首问负责制吗？"没再说话。值班民警也不敢再多说几句话。

黄振业在西南派出所等了好久，民警也不理睬他，就不耐烦了，站出来蹓了一会儿步子，追问民警咋还不拘留。民警说："你作案的地点不在我们的辖区，我已经让西北派出所的人来接你了。"黄振业骂了一句："他妈的接个鸭子毛！"就出门骑上电动车走了。民警见黄振业走了，就喊他回来再等会儿，但黄振业回头说："我不讲了，不报案了。"就一个人消失在了大街上。

离开了西南派出所，黄振业突然想，反正自己已经不能活命了，再去把那个老乡也杀了，就是他当年把自己叫到西安来，说人傻钱多速来。他来这几年，觉得这里的人不傻，买东西爱搞价，且还要去公平秤上复称。钱多吗？他不知道。哪里都有富人和穷人呢。老乡当年虽然还借给他三万块，支持他开铺子，可是铺子看着一天天不行了，老乡就每天催命般让他还钱。老乡的铺子在市场门外的胡同口，三间不大的门面。黄振业刚到老乡的铺子门口，见开了门，正为营业做准备。老乡说："你来还钱了？"黄振业就骂道："还你娘的×。"就拿了那个在电动车上的刀子捅了过去。老乡一看躲闪不及，就拿起一箱海带扔向黄振业，并向屋里跑去，准备关门。说时快，跑时慢，黄振业的刀子就在他的脊背上乱戳。

西南派出所的副所长一想，不对啊，绝对不对劲，就打电话问值班的民警。值班的民警给西北派出所打电话，说黄振业已经骂骂咧咧地走了。就在派出所慌了神出去要找黄振业时，黄振业又骑着电动车进到了派出所的大院里，对刚才接待他的民警说："我又杀了一个。"而且手里还提着刀子。

副所长正好出警回来，看到了黄振业。在回来的路上，他已经接到了市110指挥中心的指示，有人在胡同口杀了人，属于西北派出所范围，请西南派出所迅速抽调警力，全城寻找黄振业。他冲到黄振业跟前，说："你刚才干啥去了？"

黄振业说："老子今儿个高兴，杀了三个人。"副所长一是想立功，就把黄振业铐起来，让蹲在桌子旁，全城寻找的人就在他的所里，而且是这个家伙主动上门来的。二是得赶快给所长王志敏汇报，王志敏这几天轮休了，走的时候说所里的重大事项必须第一时间向他汇报，所以副所长得赶快跟王志敏说。

王志敏正在家里睡大觉，听到这个消息，一下子从床上跳下来，一边穿衣服，一边骂副所长："你狗日捅下大娄子了!"说完扔了电话就向单位里跑来。

等他跑到派出所，市局的局长、政委、刑警大队长等一圈子人已经在院子里站着。他一口气跑到局长面前，先敬了一个礼。局长的眼皮子动了下，连头都没有抬。

14

　　王志敏作为派出所所长，对黄振业杀自己的老乡，负有一定的责任。黄振业后来被判处死刑，立即执行。就在这之前，市公安局召开了新闻发布会，就社会各界关心的问题进行了一一回答，尤其是黄振业去杀自己的老乡，可是从西南派出所骑车出去的，杀完了人，又回到了派出所里来。市公安局副局长在召开的新闻发布会上，连连对市民群众进行点头致歉，说由于公安局平时治警不严所以造成如此惨案，将对相关人员进行调查处理并及时面向社会公布。

　　过了两个月，当日在值班室睡觉的两个民警，因玩忽职守被刑事拘留。因为他们的行为，使凶手黄振业多杀了一个人。

　　最终，法院以玩忽职守罪判处当事两个民警有期徒刑二年。市公安局给予西南派出所值班副所长免职处分，所长王志敏停职检查。

听民警说完，陈玲才知道，王志敏已经不是所长了，被停职了，最近在被关禁闭，就不再说话，告别后离开了派出所。

看着自己去北京的日子一天天接近，机票火车票又没办法预订，陈玲的心里更是着急起来。她不知道找谁，就去找上次把她从市上接回来的街道办主任杨瑞。

陈玲到了街道办，杨瑞去区上开会了。区上开的就是信访维稳工作专题会。主管副区长要求各街道和各部门要逐级量化、细化职责，实现管人、管地、管事的统一，确保辖区内不发生集体访、越级访，尤其是不能出现越级访到北京的事情。陈玲问工作人员，自己的身份证不能正常购买火车票是怎么回事儿，工作人员都说不知道，并且没听过她的事儿。

杨瑞从区上开会回来，拿回来一份街道办片区需要稳控的人员名单。名单上陈玲的名字赫然在列。除了陈玲，还有街道办在征地拆迁过程中几个常年都在上访的钉子户，这些钉子户也去过几次北京，每次都被信访工作人员接回来，要求赔偿的数额都是随心所欲，始终无法了结。

杨瑞带着人去陈玲家的那天，正好陈玲在家里。咚咚地敲开门，杨瑞就做了自我介绍，说快过节了，来看看陈玲，手里提着米面油干果之类的东西，这些都是每年慰问上访户的标配。

陈玲说："我这段时间还说要去找你呢。你们这当领导的都忙得很哪，去了两次都没见上你的人。"

杨瑞哈哈一笑说："这不是来了么。我只要不开会都在呢。你也知道，咱们这街道办的范围内，省委省政府和各大企业事业单位都在，我的小腿都快跑断了。谁家猫上树、狗咬人、人跳楼，甚至路上有落下来的树叶子，这些事儿上级都找我的事儿，我也不容易啊。"

陈玲听了觉得是，说："领导无事不登门，这次来是干啥呢？来就来么，还拎这么多东西干啥呢？"

杨瑞说："你这都是聪明人么。我就是来看看你，上次你从市政府回来，还是我去接的。一回生，二回熟，三回就成了亲戚了。"

陈玲说："既然你们都来了，我也就不说了。我只想知道，我为啥不能买飞机和火车票呢？是谁这么好呢？最近我还想去北京一趟，连个票都订不成。"她有些生气。

杨瑞就开始打马虎眼，说："这事儿啊，我今儿回去就落实。落实了就来给你说。这是公民最基本的权利呢。"

杨瑞说着说着就说不打扰了，还说陈玲以后有啥事尽管来街道办找他，他虽然不是"知心姐姐"，但至少把群众的事儿办好，这样也对得起这份工资哩。说完了，就按了电梯下楼出了小区去。

出了陈玲小区的大门，杨瑞就左右看看了，给同去的几个人说："听到了没？这女人还要去北京哩。北京能去吗？你们看不好她，她去北京闹事，我在区上免我之前先把你们个个都免了。"

杨瑞说完，就钻进了自己的帕萨特小轿车，说晚上八点开会。几个街道办的人被领导来了个下马威，拿在手里的烟一直没有点着，就也爬进了面包车向单位开去。

晚上开会时，杨瑞拍着桌子说："同志们哪，压力很大啊！我们街道办又多了个陈玲，听说还是个女大学生哩。近期就要去北京啊。我们不能给区上丢了分，给市上抹了黑，给省上丢了人。把人总不能丢在中南海吧？"

他还说："前几年大家都知道吧。我就是因为上访维稳的事儿，被区上摘了帽子，要不我现在也在区政府大院里坐着啊。我不走，你们都上不来，我看我是把根扎在街道办了。"杨瑞越讲越激动，把这些年来街道办范围内出过的事儿都一一扒拉了一遍，就是想引起大家的重视。

第二天一早，街道办的人员就搬了凳子去了陈玲所在的北德门小区。盯着窗户看了一早上，就是没有见陈玲出来。顿时慌了神，就上去敲门，准备问寒问暖。门敲了十几分钟，也没见个人影出来，就拿起电话给陈玲打电话，电话已经关了机。工作人员就给杨瑞打电话汇报，杨瑞叫老子骂娘般发了一顿飙，说是要这些人就是吃屎的，连个人都看不住，但是他也不敢给区长汇报，就下令所有人去火车站、菜市场找，必须把陈玲找回来，活要见人死要见尸。

昨晚杨瑞从陈玲家里出来后，陈玲就气不打一处来，骂这些小人把自己的身份证信息拉到黑名单，还假惺惺地来家里看她，她觉得不撒气，还用脚把他们拿来的米面油踢了几脚，踢得一桶油在客厅的地上滚来滚去。她要给这些小人们看看，她不用吹灰之力就能逃出他们的眼帘。

她给上次一起吃过饭的王志敏的下属打电话，说自己身份证丢了，要给自己开个身份证明书。王志敏的下属就乐呵呵地给开了一张，她搭车去取了回来，夹在了自己钱包的最里层，以备不时之用。不让她买火车票，也买不成飞机票，她搭顺车总该是可以吧。天刚蒙蒙亮，她就带了几件衣服出来，还和门卫打了招呼，说自己去买菜。她从家里出来，直接搭车到了六村堡包茂高速入口，过来一辆大车，她只要看是向内蒙古方向，就使劲儿地摇手。几辆大车都没有停，她就举着双手使劲儿地摇。停住了一辆鄂尔多斯的货车，她就给人家说，自己的一个亲戚病了，又没有客车可以到达，自己亲戚正好在包茂高速公路边，请求司机行行好捎自己一程。开车的司机四十来岁，觉得陈玲看不上也不像是个坏人，自己一个人在路上跑，多一个伴儿，还能聊聊天解个闷，就让陈玲上了车。

这是陈玲第一次在长途路上坐货车。车在路上跑上半天，司机就要进服务区休息一会儿，她吓得不敢下车，她担心街道办的人追上来，知道自己的去向，除非是要上厕所了，就用围巾包了半边脸，进了女卫生间才放心。每当上卫生间时，她恨不得尿完身体里所有的尿，免得上厕所惹事儿。每到吃饭时，司机就在车上煮面，更多的是煮方便面。她到今天，才知道这些大车司机的生活是多么可怜，他们出远门舍不得花钱，就在车上带了水、酒精炉、方便面、青菜，饿了就煮两包面吃。这个司机更是精打细算，每次两包方便面不够吃，就买了挂面，煮方便面时给里面加一些。

一路上，煮面洗锅的事儿陈玲都大包大揽了下来，直到货车驶出了蒙陕界收费站，她看见路标上有个村子叫作马里音盖村，还有个叫作什么黄盖希里村，她才长长地出了一口气，终于出了省，才靠到座位上呼噜噜地睡了起来，睡得很是香甜。

货车进了小县城，司机才把陈玲叫醒了，说他马上就到了家。他问陈玲在哪里下，陈玲睁开眼，也不知道自己到了哪里，就说在前面的路边上，亲戚家离这里不远，然后又说了一箩筐感谢的话，还掏出三百元要给司机。司机不要，说顺路么，没啥。陈玲执意要让司机收下，说她还吃了司机的煮面呢，司机开玩笑说那你还帮我刷锅洗碗了呢，没事没事。车停了下来，陈玲就下了车，向司机挥着手。

货车司机走了，陈玲才看清这座小县城叫作札萨克镇。南与陕西省神木县接壤，东与成吉思汗陵相邻，乾隆年间的札萨克旗王爷府驻地，属于内蒙古的伊金霍洛旗。她在这个小县城的街道漫无目的地走着，肚子就咕咕地叫了起来，该是吃点饭了。

坐在一家小饭馆里，她掏出手机打开来，手机短信就滴滴滴连续响了十几下，惹得旁边的陌生人也回过头来看。陈玲的短信来自杨瑞、何红星，还有自己公司的几个人，另外还有几个不认识的号码。都是在问她在哪里，请回电话。还有一个更是令她气愤，说："你快回电，你逃得了和尚逃不了庙，我就不信，你还一辈子不回家了吗?"

自从知道陈玲不见了踪影，电话又关机，杨瑞跟疯了似的，一遍遍地骂自己下面的人，他人在气头上，看见谁都不顺眼，他一发火，身边的人就溜出去几个，直到后来他一个人静静地在那里发呆。他正在那里坐着时，电话就滴滴地唱起了歌，一根针掉在地上都能听见的空间里，电话的铃声显得有些刺耳。他刚准备过去摁掉电话，一看是区长章劲打来的，吓得一阵哆嗦，赶忙接起了电话。

章劲在电话里喊:"人呢? 你给我说人呢?"电话里就嘟嘟地传来了对方挂电话的忙音声。

杨瑞砰地把电话扔在桌子上，也喊开来:"人呢? 人呢? 都死到哪里去了?"

两个小伙子跑进来，身子跟筛糠似的，没有一句言语。杨瑞又拿起电话，清了清嗓子，给章劲拨过去，说:"区长，您别生气，都是我不对，我正在寻找中。"

电话那头，章劲还是很生气，说:"让你看好，你答应得倒好。你答应了不落实就是放空炮么。"

杨瑞没有说一句话，电话贴在耳边。章劲继续说:"当官不为民做主，还不如回家卖红薯呢。三日之内给我把人找回来，就剩下七天开会呢。"说完了话，就又匆匆地挂了电话。

电话刚挂了没多久，区政府的人就电话通知他，马上到区政府北楼的会议室开会，区长主持的，要从快。杨瑞放下电话，就夹起本子向门外走去，站在门口的几个下属，就躲在了楼体背后，只听见他的脚步从近到远而去。会是由区长、主管信访维稳工作的副书记召集的，参会的除了杨瑞，还有区信访局局长朱长凯、公安分局、派出所、区综治办等一干人马。区长还在气头上，他先把参会的部门，尤其是街道办的主任杨瑞狠狠地批评了一顿，然后就研判下一步该何去何从。有人说："陈玲肯定是在哪里躲了起来，估计就在我们的眼皮子底下呢。"朱长凯说："她的身份证不能坐飞机和高铁，她只有长了翅膀才能飞出去。"只有杨瑞一个人不说话，无论陈玲在哪里，但确实不在自己的视线范围内，这才是令人最着急的事儿。

最后章劲决定，由区信访局局长朱长凯带队，街道办、公安分局、派出所组成接访组，前往北京。与北京的省市信访接待人员取得联系，做好对接工作。同时，区信访局及时将陈玲的情况汇报给市信访局。会后，区长也给市长的秘书发了信息，进行了汇报。市长是人大代表，再过几日就要随团前往北京开会了。第二天一早，区上前往北京的接访组就出发去了北京。

到了北京，朱长凯水没喝上一口，就向市信访局局长何红星进行了汇报，何红星又向省信访局的处长符金英进行了汇报，他们都在一个宾馆里驻扎着，顿时陈玲上访的事件成了全省在京信访人员的重头戏之一。

就在接访组在北京制订陈玲的接待方案时，朱长凯的手机响了起来，他一看是副手打来的，就接了电话。副手说："局长，出事儿了。"原来区上的一个缠访户，把看守她的保安砍了，还砍得不轻，这事儿惊动了市公安局和市信访局，甚至市政法委还介入了进来。就在接访组来到北京之后，他们区指定的保安人员在缠访户家楼下蹲守着，缠访户的儿子就大喊，说自己的母亲实在受不了自己被监控，在楼上闹着要跳楼。保安人员一个去上厕所，看守的这个保安听见楼上有人喊，看见那人还打开了窗户，就一口气冲上三楼去。刚进来缠访户的家门，门就被关上了。缠访户和儿子就拿着刀一阵乱砍，把不顺的气儿都撒到了保安人员身上。连续砍了几刀，保安人员就倒在了地上，没有了还手之力。砍人的人一看保安倒在了地上，还一动不动，就拨打了110，说有人私闯民宅，他们进行了正当防卫。民警到了现场，问了情况，120急救车将保安送到了医院，左脸被划伤，胳膊挨了几刀，血流不止，几乎晕死了过去。民警觉得事情有些蹊跷，就将缠访户和她的儿子带到了派出所进行问话。保安人员的胳膊保住了，但是失血太多一直在抢救。待第三天保安能说清楚了话，才知道自己中了缠访户的圈套。事情报到了市上后，市委副书记批示要严惩凶手，全力抢救受伤人员，并责成政法委进行调查处理。

朱长凯听完了副手的话，气得直骂娘，说人忙偏逢怪事多，这么多年的上访户全部都被他遇上了。就又给何红星和符金英絮絮叨叨地说了一番，请二位领导多谅解，多支持。说完了话，点了一支烟深深地抽了一口，呛得自己都流出了眼泪。抽完了烟，朱长凯说："人还说咱们是领导批来批去，信访转来转去，群众跑来跑去，事情拖来拖去。谁能理解咱们每天都是头头带头，清理源头，控住苗头，啃掉骨头呢。"然后就一阵苦笑。

这几天，朱长凯的队伍在北京的大街小巷，公园广场转了个遍。不认识陈玲的人，手里还捏着一张陈玲的户籍照片，四处跑着找人。马家楼、天安门广场、火车站、国家信访局门口都跑了个遍。公安分局的民警还到这几个区域的派出所也去过了，都查无此人。朱长凯还不放心，自己亲自跑到马家楼的分流区，都挨个地看了一遍，确保这些来自全国各地的人群中，没有那个自己已经熟记于心的女人。跑了几天，接访组的队伍一无所获。刚来那两天，朱长凯还每天给章劲发信息汇报当前的情况，到第三天，已经吓得不敢给区长发信息了。

区长章劲打来电话，开口就问："你们死到北京了？人找到了没呀？"好像热锅上的蚂蚁。尤其是市长召开市政府常务会时，还在会上说了这事儿。说章劲这区长当得可以，整天四平八稳的，自己的人跑了到现在都毫无踪影。市长当然说的是反话，但是区长章劲听了，恨不得头从桌子底下放下去，座位周围的同僚们都看着他。市长说话的语气又高了几分，敲着桌子说："同志们啊，大家都是一方诸侯，只有每个区县做好了工作，市上的整体工作才能搞上去。大家不是都常说么，看好自己的门，管好自己的人，干好自己的事么。章劲的上访户上次在市政府门口挡住了我，可是问题到现在还没解决，没解决是不是没有思路啊？咱们大大小小都是个领导，没思路没想法我们还如何能谈得上管理好一个区域呢。就这，散会。"

市长散会的话，说得比较轻松。但是章劲觉得自己肩上的担子就更重。前几天还知道朱长凯他们在北京的大街上大海捞针，可是这几天就没有了消息，是毫无进展还是柳暗花明，但是至少有个音讯啊。所以出了市政府常务会会议室的门，他就给朱长凯打了电话。朱长凯结结巴巴地说："区长，还在找呢。我们都把北京快翻遍了，连个人影儿都没见上。我们继续，我们继续。"至于继续去北京的哪里找呢，朱长凯也不知道。他去过的地方，都是何红星和符金英知道的，他们常年在北京驻扎，有经验，他得多多向他们取经呢。

15

　　那天陈玲看完了信息后，就又关了机。她本来就是想去北京散散心而已，没想到却走到了这一步。吃完了饭，她又在街上开始转悠起来，这么冷的天，得给自己找个住处。大一点儿的酒店不能去，只能去小旅馆了。在几个小巷子里转了几圈，找到了一家叫作追梦的小旅馆。她给老板说，自己的身份证丢了，老板就让她登记了下，自己随便写了个身份证号码和联系方式，就开了房。躺在床上，她想自己明天一早就得起来出发，在这个人生地不熟的地方，不宜久待。洗了澡，就躺在床上开了手机查起了线路来。她计划从这里向太原方向走。从札萨克镇到榆林市佳县，再到太原市。可是自己一看，好像又走回了原路，可是好像也没办法。她又仔细一想，人生何尝不是这样呢？

陈玲刚准备休息，隔壁房间就有了动静，床的咯吱声与男女的呻吟让她无法入睡，一阵儿此起彼伏。她想起自己刚毕业租住的城中村的夜晚，楼挨着楼，整日见不到阳光，年轻情侣的荷尔蒙就那样在夜晚的时空中肆意地挥霍着，这家小旅馆，是自己今夜的安身之处，就蒙了被子，睡了过去。第二天一早，她在早市上吃了早饭，又买了几个烤饼带着，站在县城的路边搭经蒙陕高速去山西的车。过来一辆，她挥挥手，车不停。又过来一辆，她还是挥挥手，车还是不停。路边有一家车辆修理厂，说是修理厂，其实就是个货车补胎店。她就站在那里和小老板搭讪起来。小老板是河南人，带着一家子人生活在这里，每天都重复着一样的营生。小老板说，自己在这里都快十年了，十七岁就出来闯江湖，跟着师傅学汽车修理，没想到在这里安了家。媳妇是他的邻村的，没谈上几天恋爱，见面觉得合适，在媒人的撮合下就简单地结了婚，领了证，现在已经是两个孩子的父亲了。

　　陈玲想起了自己的弟弟，也是这般生活。她和小老板说，他和她的弟弟是万般地相似，好像这里已经不是别人，就是自己的弟弟。时间已经到了中午吃饭的时间，小老板很是热情，媳妇儿做了河南烩面，他自己还吃上了一大碗，只是肉臊子的油水大了一些。她好久没有和弟弟联系了，也不知道弟弟一切是否都好。前几次和弟弟打电话时，弟弟还乐呵呵的，说日子过得去，就是辛苦些。无论白天和黑夜，路过的车辆坏了，即使是半夜，有人敲门，他都穿衣下床直到车辆发动了开走才放心。

小老板说，路过这里的大多都是跨省的车辆，拉煤的居多，其次是贩牲口的，内蒙古的羊都是沿着这条路走向全国各地。聊了半天，小老板也知道陈玲是要去山西方向，又丢了身份证和钱包，只能挡着顺路车捎个脚。直到下午，有一辆拉煤车要去山西，正好路过，司机下来补了备胎，火补八十块，小老板就没有收司机的钱，让把他的这个姐捎一程。司机和老婆两个人在车上，老婆是给司机做伴儿，一路上也放心且还有个照应。陈玲就上了这辆黑乎乎的大卡车，一冒烟儿离开了札萨克镇。

司机一边开车一边骂人，先是骂这条鬼道，有些坑坑洼洼，还收费贵，尤其是遇上黑交警，不撕票，乱罚款，让人苦不堪言。他说的话陈玲只能听懂几句，其他的都听不懂，反正自己嘴里嘟嘟囔囔个不停。走了半天，又骂前面的几辆轿车，乱超车，急得要去给老祖宗上坟烧纸一般。又过了一会儿，说自己饿了，让老婆做饭去。老婆坐在副驾驶座上，就和陈玲换了座位，在第二排的休息椅上忙碌了起来。老婆问他吃啥，他说火腿煮面，多放一个火腿，说话的时候，头也不回，死死地盯着前面的路况。陈玲问他是否吃饼，他摇了摇头，说不吃不吃。车走了二十公里，到了前面的路边，就停了下来，靠在路边。司机下车绕到后面，在国道边唰唰地尿了一泡，就提着裤子转过来，说他娘的可真是憋坏了，说着就咧嘴笑。这时陈玲发现他满是络腮胡面庞的脸上，第一次露出两排黄牙。提好了裤子，就吸溜吸溜地蹲在路边吃面，吃完了面，老婆就顺手接过了他手中的搪瓷盆子。

看着司机津津有味地吃着面条，陈玲也有些饿了，她的包里还有自己买的干饼，就啃了几口。她打开手机，手机里依然是弹出来十几条短信息。她啃着干饼，翻着手机哈哈地笑，说急死这群东西。司机的老婆就问说，急死谁哦。陈玲这才抬起头，说没事没事。最长的一条信息是杨瑞发来的，他已经成了热锅上的蚂蚁，在北京城里待了几天，度日如年，每天四处跑着找人，但是连个影子也没见到。

他就给陈玲发信息解恨，说："我告诉你，我就在北京城里，等着你。天圆地方，我看你还能插着翅膀飞到天安门不可。请你马上给我回电话，回去啥事儿都好商量，否则，无门。"

还有朱长凯，还给陈玲发来一首打油诗："官民本一般，都熏人间烟。互相沟通好，不必总执偏，有话好好说，我是朱长凯。"

还有王志敏发来的信息，问寒问暖，说："好久不见，快过年了，要聚下啊。哥不当官自由了，时间随时一大把。"陈玲给王志敏回了信息，说："所长，我在外地，回去联系。"发完了信息，又关了机。坐在货车上发呆，一会儿就迷迷糊糊地靠着睡着了。不是司机一个紧急刹车把她晃醒，陈玲都睁不开眼睛，确实是太辛苦了。见陈玲醒了，司机老婆就给她吃苹果，说："路还长着呢。你要习惯呢，我原来刚跟车不习惯，坐在车上就腰疼，现在不在车上反而不舒服。跟着这老东西还放心些，只要能守住钱袋子，也值得。"

原来这司机开了多半辈子车，经常性不回家，挣下的钱都扔到洗浴中心去了，且是到一个地方就换几个场地。他经常跑的这些地方的洗浴中心经理都认识他。用他的话说，挣钱就是为了活，人要活得快活一点，人眼前的路都是黑的。就开车来说，他见惯了各类交通事故，也经常在路上堵上几天，你开车不撞别人，可是别人开车撞你啊。自从老婆跟了车，他就被死死地拴在了老婆的裤带上，始终逃不出老婆的视野，那点儿小爱好就在不甘的心中抛到了九霄云外。老婆在车上，经常性给他提醒，开慢点，开慢点。或者还常常三句不合就吵架，吵架也是一件好事情，至少自己不会在路途中打盹或睡着。

陈玲在车上，不太说话。她恨不得这货车就是高铁，快快地抵达目的地，这样自己距离北京就更近了一些，可是北京有那么多接访的人在等她，估计等得都成了热锅上的蚂蚁。他们恨不得她乖乖地主动靠拢，这样他们给区长章劲就能交差，给章劲交了差，章劲就能给已经在北京准备开会的市长，吃上个定心丸。陈玲没有出现在北京，杨瑞和朱长凯的工作显得是那么无能为力，那么惴惴不安。信访接待人员就跟铁路警察一般，各管一段，只要自己管辖的范围没有人非访，他们就在北京享受上几天，住在宾馆里，晚上喝酒，白天打牌，会议结束后就收拾行李回了家，还能领上差旅补贴。可是就是因为陈玲的突然消失，让这些人在北京城坐立不安。没有见到陈玲，省上的督办单雪花片儿般地下到市里，市里领导的批示密密麻麻，又暴雨般地落到区上，区长和分管副区长甚至都没空儿批字，就草草地画了圈，请朱长凯和杨瑞按照领导批示精神落实。朱长凯每每接到督办单，看着三级领导的批示，觉得这不是一张公文纸，简直就是一块烫手的山芋啊。他把烫手的山芋又扔给了杨瑞，说："来来来，兄弟，咱们每人一半，抱在怀里吃个痛快。"

杨瑞刚接过督办单，正在端详着领导们龙飞凤舞的字迹时，朱长凯的电话就响了起来。他一看是区长章劲，就傻了眼，他不知道给区长怎么说，或者说什么，电话又不得不接，就站起来清了清嗓子，接起了区长的电话。电话那头，只听见区长还是那句老话："人呢？朱局长，我要的是人。人呢？"

朱长凯一听说区长还叫自己朱局长，他就知道区长要上火了，就唯唯诺诺地说："区长，您别急。人正在找，按照目前来看，人还没到北京，还没到。我们找到第一时间带回来。"朱长凯的话还没说完，区长的电话就嘟嘟地挂掉了。朱长凯知道，区长也和自己一样，成了在热锅上奔驰的蚂蚁，随时都会被烤焦，或者葬身于火海。

刚挂了区长的电话，朱长凯在房间来回踱着步子，他就想不通这个陈玲真的是插翅高飞了还是化作了云烟，怎么就突然消失了呢？从陈玲出逃那天起，市区两级就在重点和要害路段和场站布下了天罗地网，可是陈玲就这样消失了。幸亏那天布控得及时，好在在火车站拦住了也要去北京上访的王胡同三组的十来个人，他们对自己的安置赔偿不满意，说人家邻村为啥都是安置八十平方米的安置房加每人十平方米的商业，为啥在王胡同了，就变成了七十平方米的安置房加每人十平方米的商业呢？他们认为，这是村街干部捣的鬼，贪污了属于村民的财产。其实他们村在当年征地时，已经在村西口的商业区预留了商业面积。村民认为这是老祖宗留下来的，一直非访了好几年，直到现在。

拉煤的卡车终于到了大同，走在了国道上，到处都可以看到运煤的大卡车，这些大卡车不仅来自山西，还有河南、河北、陕西拉煤的货车，原本这条国道是两个车道，由于车辆太多，现在已经变成了四个车道，来自四面八方的大卡车把公路挤得严严实实。陈玲知道这个地方，她上大学时，隔壁宿舍的一个胖乎乎的女孩儿就来自大同，那女孩儿还给过自己明信片，上面印着大同云冈石窟。她还知道，大同自古以来出美女。民间谚语称："蓟镇城墙、宣府教场、大同婆娘为三绝。"这里不但出生了代父出征女扮男装的巾帼英雄花木兰，忠于爱情却屡遭不幸的风尘名妓苏三，大义助夫阵前探母的杨四郎妻子铁镜公主，还有中国四大美女之一拥有"落雁"之容的王昭君，其实隔壁宿舍的那个胖乎乎的女孩儿也很漂亮，早早地就在学校有了男朋友，还是学校的校草呢。

向拉煤的夫妇道了别，说自己到了，感谢的话说了一箩筐，就消失在云冈的人群中。陈玲到了云冈，天色已经不早，还飘起了小雪粒儿。来都来了，她就随着人群去了云冈石窟，想亲眼看看这座艺术宝库，权当来旅游了。逛完了云冈石窟，就得找个安身的住处了。在路上这些天，除了在札萨克镇的小旅馆洗过一次澡，再也没有洗过了，她自己都能闻见身上的酸臭味儿。尤其是在运煤的卡车上，司机一路一根烟一根烟地接着抽，自己被呛得双目流泪。她想着，今晚在这里，得找个能洗澡的地方，身份证就在自己兜里，来回在几家宾馆门口转悠着看，是不是需要刷身份证才能登记房间，她要找的是能手写登记的也行，听说身份证已经联了网，万一刷身份证上了系统，被朱长凯他们查到，也就前功尽弃了，她要让这些人再继续着急会儿。登记了身份证，陈玲住进了云冈美华宾馆，门一推开，她就把箱子扔在一边，躺在床上好好地伸了伸懒腰。这些天一直在卡车上赶路，确实有些难受。躺在床上，忽然想起手机已经没有了电，就爬起来找充电器给手机充电，虽然一路上手机基本都处于关机状态，但仅有的蓄电还是耗完了。在从西安到内蒙古，从内蒙古到大同，手机除了打开查线路以外，基本都是关机。她不想和这些人说话，也不想接到任何人的电话。她就是想去北京放松下心情，却被作为信访户盯上了，自己当然要逃脱，且还要金蝉脱壳般，让这些人忙活上一阵子。

凌解放活着时，曾经给她讲过自己做副处长时，作为信访保障人员在北京接访时的过程。后来陈爱国也讲过，王志敏更是讲过他当年临危受命，驾驶警车去石家庄火车站接人的故事。王志敏说，自己年轻时，马上要被提拔成为副所长，正好赶上十七大召开，有一老太太是上访户，那年就没上访过，去了北京给自家的姑娘看孩子。自己的老舅去世了，她要从北京赶回来参加老舅的葬礼，可是时间紧买不到票，自己心里又急，就去了国家信访局上访，被驻京的信访保障人员接了出来。接到老太太，工作人员二话没说就要把她送回来，可是买不到票，驻京人员就开车送她出京，这边安排人去接，约定的地点是石家庄。王志敏亲自开车，带着两个民警就出发去接人。警车一路狂飙，终于到了石家庄的高速公路口，接上了人，来不及吃饭，又返回来。这后来成为他提拔时领导们交口称赞的佳话。在局党委会上，王志敏就顺利地成了西南派出所的副所长，到了十八大，因为立功又成了派出所所长。

说起那次立功，王志敏更是滔滔不绝地给陈玲讲过好几次。那是初冬的一天早上，刚刚在城墙根跑完步回来，路过嘉天国际公寓一楼的临街商铺，一家凉皮店因液化气罐泄露发生爆炸。当时正值早餐和上班高峰期，爆炸产生的气流将一辆门口停放的马自达轿车掀起十来米高后，摔到了地上，商铺楼上的整栋楼窗户玻璃都被震得粉碎，哗啦啦啦地掉落一地，凉皮店里所有的东西都飞了起来。王志敏刚路过，被这阵势着实是吓出了一身汗，他想都没想，就冲到了凉皮店门口，唯一的想法就是救人，救人。这时的凉皮店，真的是可以用一塌糊涂来形容。王志敏听到的是身边传来车辆的警报声和人们的哭喊声，就连凉皮店门口公交车站牌下，都已经躺了四五个受伤人员，站牌已经倒塌。王志敏大喊让大家赶快跑，赶快跑，说自己是警察，请大家听他安排。喊着喊着，就抱起自己眼前已经脸上全部是血的女孩子向外跑。王志敏抱着女孩子向外跑时，被都市报的记者拍了照，第二天发布在了报纸的头版，王志敏成了家喻户晓的大英雄。王志敏第二天也看到了报纸，报纸上白纸黑字地写着爆炸造成九死三十四伤。再过了几天，市公安局发起了向王志敏学习的通知，号召全市公安干警学习王志敏舍己救人的大无畏精神，他也赶场子般地作报告，报告会上的掌声一波高于一波。再后来，王志敏被提拔为西南派出所所长的同时，市政府对事故发生负有主要领导、分管领导及管理职责的相关责任人，分别给予行政撤职、行政降级、行政记大过、行政记过、行政警告等处分。

16

　　陈玲一觉睡醒，用手机导航看了下，距离北京还有近四百公里。她知道，北京这段时间查得很严，还是得搭车。大同种蔬菜的人很多，长期从事运输鲜活物品、成品油、粮油、急救药品、医疗废物等可以享受绿色通道政策的物品，以及其他特殊物品运输的载货汽车，一定办有绿色通行证。大同的蔬菜批发商每天都要去北京送蔬菜，她就站在路边拦去北京送菜的大卡车。过来了几辆，司机停下车来，听她说要去北京，都以驾驶室满座为由，拒绝了她的请求。过了半天，过来了一辆拉着蒜薹的大卡车，只有司机一个人，看上去有四十岁左右，司机也答应捎个脚，她就拉着车门坐了上去，一路沿着宣大高速向北京方向驶去。司机说，大过年的咋还乱跑呢。陈玲就说自己去北京打工，兜里又没多少钱，只能搭他的便车了。货车从大同出发，过了阳原县，又过了怀来县，司机就把车停到服务区里吃饭。陈玲为了讨好司机，两个人点了两大碗刀削面，吃饱了自己又主动付了钱。从怀来县继续走，司机的手时不时就不老实起来，司机的右手一直来回地变换着挡位，换挡时，就要摸下她的手，刚开始陈玲还不在意，她担心自己影响那个司机开车，就向边上挪了挪。可是司机的手还是不老实，又开始碰她的大腿根，司机的眼睛盯着前方的路，可是陈玲的大腿根已经被碰了十几次，她就继续向边上挪，身体紧紧地贴着车门，双手紧紧地拉着门把，脸上青一会儿红一会儿的，心里不是滋味。

拉菜的卡车到了延庆区收费站，这算是进了北京。收费站设置了卡点，两个身着制服的年轻人上来问："从哪里来？"

司机无精打采地回答："山西。"

又问："去哪里？"

回答："北京蔬菜批发市场。"

再问："车上的人是谁？"

再回答："媳妇儿。"司机看了看陈玲，陈玲的嘴角有一丝微笑。

最后问："拉的啥？"

最后回答："蒜薹。"回答完，司机将他的绿色通行证伸出窗外晃了晃。

过了卡点的检查，陈玲问："谁是你媳妇？"

司机笑笑，不老实的右手又伸过来，说："你么。"

陈玲说："哼，得了便宜还卖乖。"

司机说："是我救了你。"

陈玲以为司机看出了什么破绽，说："凭啥？"

司机的双眼就直勾勾地看着她，说："你不会是上访的吧？"

陈玲说："臭嘴。"

司机就说了他有一年春天，来北京送菜。在路上捎了一个老头儿，走进延庆就被逮了个正着。那老头儿是河北人，一个人在高速路上拦车，他看着可怜就捎带着，没想到延庆的警察比对着照片把老头儿拉下去，塞进了面包车，送到久敬庄去了。

陈玲好奇地问："久敬庄是啥地方？"

司机说："你不知道啊，挂羊头卖狗肉的地方。"

陈玲不解，说自己不明白。

司机又叹息说："唉，多少上访者在那里遭受了人生的凌辱，都留下噩梦了。"

陈玲挺了挺胸，说："北京难道还不准人来了呀？来逛都不行啊？"

司机说："行，当然行。Welcome to Beijing."

司机一手握着方向盘，一手比画着。突然前面红灯，他一脚油踩住了刹车，后面的轿车就连续鸣笛了，表示抗议。他从后视镜看了一眼，说这城里人啥素质么，嘴里絮絮叨叨个不停。他又问陈玲，说一路相伴初次认识这么漂亮的美女，能留个联系方式么，下次坐车可提前联系，自己可是常年跑这条线的呀。陈玲心里想，鬼才会这样走第二遍呢。到了北京蔬菜批发市场门口，卡车要进行检验检疫并且称重，陈玲就告了别。北京的冬天风大，刮起的风吹得菜市场的彩钢棚呜呜作响。陈玲将羽绒服的帽子戴在头上，并戴上了口罩，向同学家一步步地走去。

陈玲到蔬菜批发市场门口时，驻京的信访小组正在召开三级联席会议。省信访局的符金英传达了省上的有关要求，把三个严防和三个确保又从头到尾地讲了一遍。尤其是提到朱长凯他们，到今天了还没落实到陈玲这个这次出了名儿的上访人。她再三要求继续做好北京南站、北京西站和国家信访局及会场周边的巡查工作。符金英在讲话时，还表扬了朱长凯他们在北京的公园发现老上访户张福利的问题。朱长凯直点头，表示坚决落实到位。这次是大考，如果万一有个闪失，不仅仅是自己掉帽子的问题。

张福利是区上的老上访户，常年越级访，每年何红星考核朱长凯，扣分的地方主要是张福利，他一个人常年待在北京，有事没事就去国家信访局登记一次，总想闹出点名堂来。他也知道朱长凯常年在盯梢他这个重点人，后来干脆就不回来了。那天朱长凯他们实在是走得累，转遍了大街小巷，也没有看见陈玲的踪影。刚坐在公园里的石凳上歇脚，张福利却向他们走来。张福利穿着脏兮兮的衣服，手里拎着一个大塑料袋，在公园里拾塑料瓶、纸箱子等换钱来维持生计。张福利老得他们几个都不敢认，头发已经变得花白，黑白相间的胡须快要遮住了嘴唇，可是他那个罗圈腿走在哪里，朱长凯都能认出来。几个人站起来不敢动，担心惊动了张福利。张福利一边走，一边盯着路边的垃圾桶。朱长凯喊了一声："张福利，你站住。"张福利以为后面的谁在喊他，就回过头去，没有看到是朱长凯。等他反应过来，朱长凯已经拉住了他的胳膊。

朱长凯说："哎呀，老张。你咋开始捡起瓶子来了？"

张福利还没有从这群人中缓过神来，说着："咋是你们？咋是你们么？"

朱长凯说："老张啊，这北京城再好，也不如咱们家么。区里都给你赔偿到一千二百万了。咱咋今天跑到这里干这事儿呢。"

张福利要挣脱他们拉着胳膊的手说："别骗我。我这十年你们管过吗？"

朱长凯说："咱回啊。金窝银窝，都不如咱家的狗窝么。"他一边说着一边就让人拉着张福利向酒店走。张福利是被两个信访人员陪着坐火车回来的，说是陪着，其实和押解差不多。

前几年张福利就从火车上下去过一次，一溜烟儿就不见了人。那年他们在北京找到了张福利，朱长凯就给区长章劲发了短信，说张福利已找到，正在回来的火车上。章劲回了一个字：好。可是火车走到了安阳，张福利说他要上厕所，而且还要蹲大号儿的。陪着他回来的小伙子在座位上等了半天，也没见人回。小伙子急得给朱长凯打电话，朱长凯听了后脸都绿了。后来区信访局还给区委区政府写了书面检查，他还在区政府常务会上做了检查。站在会场上读检查时，他的脸恨不得装到裤兜里去。

陈玲没找到，却碰到了张福利，也算是取得了阶段性进展。本来第一时间要给区长发信息汇报，可是一想那年的教训，就又把手机装了起来。他给陪同的人员再三叮咛，送回来后看守到家里，再给他汇报。他收到汇报后，才给区长章劲发了信息，说张福利已找见送回，陈玲还正在寻找中。明天大会就结束了，我们争取在最后时间完成任务。收到了朱长凯的短信，章劲看了一眼，已经懒得再理他，只要明天大会闭幕前，一切安稳，就是上上策。这个陈玲，惹得区长一周多吃不下饭，睡不着觉。

陈玲走在北京长安大街上，她想明天就是全国的会议结束的日子。到了北京，要么去出一次名，从此走向真正的上访路；要么悄然无声，待到北京游玩结束后回家再继续。但是她知道，在这些天，每天不知有多少外国记者等着拍中国的负面新闻，哪怕是她装疯卖傻般，举大字报长跪不起，或者高呼大喊，总是有一种办法能够引起他人的注意。俗话说，家丑不可外扬。她这样，会给国家丢脸的，她不想去做，尤其在北京。她的矛盾最多在市区，甚至在街道办，她只想要的是自己的自由和清白。她一个人站在国家信访局接待中心门口，迈出了双脚，又收了回来。

最后一天，信访接待中心的门口一片安静，没有了虎视眈眈的联合巡逻队；没有了蜂拥而至的各型车辆；没有了战战兢兢、首尾两顾的接访人员，甚至连那些穿黑色皮衣、手拿对讲机的人也不见了踪影。朱长凯和杨瑞他们，甚至都收拾好了返程的行李。这些天，对符金英来说，也是情况不断。4号那天，局里传来消息，说来了三个上访的，在京所有的力量都集中在国家信访局门口，结果是虚惊一场；5号那天，渭北市打来电话，说跑了三个被监控的人，已分头派人去找，到了晚上，终于在灵宝火车站截住；7号那天，说某个方面的人鼓动起来，要集体来京上访；8号那天，因为拆迁，还是渭北市打来电话说跑了十个人，手机全部关机，不知去向，第二天早上，又打来电话，人在原地！勿念！符金英每天就是在这样的紧张和忙碌中度过。

坐下来，符金英不断地翻看着重点人员名单。看到陈玲，这个名字是那么地熟悉，好像在哪里见过。后来又一想，这不是她曾经告过的陈玲吗？她就喊过来朱长凯，指着陈玲了解有关情况。问陈玲是不是被老公闪了的那个？但是她始终没有说过，陈玲是不是被她曾经请到被告席的那个陈玲？朱长凯就说了陈玲的情况，符金英想，就是这个，和凌解放喝酒的那个，终于对上人了。

她又继续想，这女人不简单啊。那时候凌解放还给她回来讲过，说有个疯女人在单位抱住了自己的大腿，那时候符金英和凌解放还睡在一张床上，虽然有时候会有家庭矛盾，但是至少每天还说上几句话。后来陈玲还给她家送过东西，放在了她家门口。再到后来，凌解放常常在外面喝酒，她从王志敏的口中知道了有个叫陈玲的女人，好像成了凌解放的酒友。凌解放能晋升到专委的位置上，也与她的父亲多少有点关系。后来凌解放自不量力，喝死了自己。凌解放一死百了，可是她好久都抬不起头。

她还在想，每年都要驻京劝访，好像成了雷打不动的事儿。那些年在市信访局时，陪着黄平生每年都来，如今黄平生已经服刑好些年了。黄平生在铜城监狱，接受改造。当年还是在这个宾馆，他黄平生还吃过自己的豆腐呢，至今还记忆犹新。也好像是黄平生当局长时，确定这家宾馆成为驻京的信访接待点，到今天自己单位也是。待黄平生服刑期满，自己也就快到了退休的年龄，终于再也不用天天上班了。

朱长凯和杨瑞他们坐上回家的高铁时，朱长凯收到了陈玲发来的信息，说自己一直在北京，你们在哪里呢？自己身份证号进黑名单的事儿啥时候解决呢。陈玲的短信是这样写的：

"朱局长您好，你们一直在北京忙，我也在北京，谢谢你们。我身份证进黑名单的事儿，希望你们早点解决。"

朱长凯收到了信息，摇醒了正在呼呼大睡的杨瑞，把信息给他看，骂了一句脏话。说这鬼女人在哪里暗地里观察着自己，真是令人百思不得其解。唉，真是烦躁啊。朱长凯想，虽然这次去驻京，没有找见陈玲，但是也没见陈玲在这节骨眼上闹出事儿来。至少还把老大难张福利碰见了，也算是一种立功。前几年为了去北京找张福利，也是一群人在北京守株待兔似的守候了多半个月，可是他们连张福利的影子也没见到。听有关方面说，张福利这老汉，被同路中的几个河北人盯上了。盯上他的是个五十多岁的女人，还有一丝风韵，张福利曾经在这女人河北张家口的家里住过几次，他去北京上访先到张家口，经常是驻京的人两手扑空，待大家都觉得不会有啥事儿时，他就和那个女人进了北京，怎么进的，至今还没弄清楚。后来又听人说，张福利受了骗，被张家口那个略有风韵的女人给骗了，骗了他的感情，这个被撕裂的口子只有自己去舔舐。更重要的是，骗了他这么多年的积蓄，令他全身精光。张福利住在那女人的家里，女人的儿女也不管，默许了他们两个人夕阳红的恩爱。村子里的人虽然对这个女人指指点点，可是女人说她喜欢的是张福利这个人。他们两个在常年上访的路途上，积下了浓浓的深情。后来张福利觉得自己在这里人生地不熟，只有这女人对自己好，就把自己的退休工资卡交给了她。说你就管个吃穿即可，吃也是吃了，粗茶淡饭每天三顿，有时候也会变着花样儿地炒几个菜，甚至还会准备说不上好不好的白酒。没过上一个月的好日子，自己就被村子里的人撵出了村子。几个彪形大汉说，你老头儿要知趣，这里是你待得住的吗？你是要骗婚吗？反正横竖都不顺眼。

张福利就从张家口灰溜溜地跑出来，有苦说不出，顺路慢慢走着自己摸索着到了北京，成了一个流浪汉，住在了立交桥下。买馒头就靠捡瓶子和纸箱子换钱。后来他再也没见过那个女人，自己的退休工资卡只能挂失而终。这事儿张福利给谁都没有讲过，他觉得自己很是丢人。自己当了一辈子教师，且不敢说桃李满天下，城中村大大小小的人见了都喊他张老师，包括前些年整天在城中村靠打台球滋事谋生的那群黄头发。他上访，说是告政府，其实是在告自己的老婆和儿子。当初村子拆迁，为了多立个户头，他就出主意和自己的老婆离了婚，拆迁的钱也赔了，可是自己一分都没有见到。钱都到了与自己离了婚的老婆和儿子手里。老婆不相信他，他年轻时有过风流史，和几个女人总是藕断丝连，老婆和儿子趁机掌了权，自己就常年走在了上访的路途。说自己的儿子签字领赔偿款不合理，自己的那份儿应该自己领，而不是儿子，也不是那个已经离了婚的老婆。

没有了积蓄的张福利，从北京回来，总算是安安生生了多半年，不再上访。有事没事就来拆迁领导小组办公室哭诉，说自己已经是快被饿死的人了，拆迁小组要先给他支付一笔费用过渡生活。春天暖和了来，说自己要买换季的衣服；夏天天热了也来，说自己要买台能摇头的电风扇；秋天天凉了也来，说自己要添置几件衣裳；冬天天下雪了也来，说自己都快成了寒号鸟。拆迁小组说他只要不上访，一切都可以坐下来好好谈，谈没有问题，他坐在人家的办公室里一聊就是半天，到了吃饭的时间，还在人家的员工灶上混口饭，这样一来一去朱长凯和杨瑞他们就吃上定心丸了，只是安排人暗地里看着，只要他不乱跑着越级访，干啥都行。省市的两会，党代会，甚至是上级来巡视，张福利始终都在信访人员的视线范围内。当然，还有陈玲。这个加入上访大军的新成员，也算是一枚随时要爆炸的雷炮。

156

17

　　吴光明正坐在办公室发呆时，刘建涛敲门走了进来。他们两个认识得比较早，吴光明在国资委系统工作了已经有些年头，他是看着刘建涛从企业的员工，到中层，最后到了现在总会计师这个岗位上来的。总会计师也是企业的班子成员嘛。他进来就哈哈地笑，说请吴书记晚上一起觥筹交错下，就在离单位隔着两条街的大香港鲍翅酒楼，包间都订好了。吴光明说："呀，贵客呀。无事不登三宝殿。"就让刘建涛坐下来，抽烟喝茶。两个人闲聊着工作，吴光明说刘总现在官儿当大了，又聊了今年企业经济指标完成的事儿。刘建涛自从老婆去了法国，自己过上了一个人吃饱，全家吃好的日子。他和汪娟整天眉来眼去，还依旧不间断地去酒店进行鱼水之欢。吴光明也接到过企业匿名人员的告状信，他曾经给刘建涛说过几次，说你虽然是单身，但也不能兔子整天吃窝边草啊。刘建涛说这些都是他的对手对自己的污蔑和造谣。

下班后，两个人就去了大香港鲍翅酒楼。这里是个很有档次的地方，出色的粤菜色香味俱全。他们两个人进去，其他人站起来欢迎，在座的有汪娟和刘建涛和他的两个朋友。刘建涛说吴主任来了，大家都向吴光明问好倒茶。凉菜已经上齐，十五年的酱香茅台已经倒在了分酒器里。刘建涛说："好久不聚了，自从吴主任当了党组副书记，工作忙，他约了几次今日终于成行，真是难得。"吴光明端起酒杯，说："咱们先喝三个酒吧，算是入席。"说自己最近忙着在协调一家老家属院的暖气问题。说现在这群众确实办法多，小区里四处都张贴着表扬信，说是表扬信，其实是在骂物业，物业又是国资委下属的企业，表扬信的内容在群众的微信朋友圈里转来转去，甚至都上了热搜，让幸福城的小区名声大振，也让政府领导脸上挂不住。刘建涛也看到了，还拿出手机打开读了起来：

"我是国资委下属物业幸福城业主，我和我老公已经分开睡好几年了，每人睡一屋。眼看着感情就彻底破裂了，就要离婚，前天半夜他抱着被子就钻进我被窝了！浑身冰凉，哆哆嗦嗦地对我说：'求求你了，快抱着睡吧！两人抱着睡还能暖和点，实在受不了了，这屋咋这么冷呀！'

"要不是供热不好，我那老混蛋还得和我分居，这回说不离婚了，我感谢你们物业，要是你们敬业，把暖气烧热了，我的家庭就彻底完了。谢谢，感谢各位领导物业老总，感谢你们让我们冻着的各位，挽救了我的破碎家庭……"

刘建涛读完了，大家都哈哈大笑起来，说写这个段子的人真是有才。吴光明说，这张表扬信都被人贴到国资委大院的公告栏了，一把手早上路过看到了，直接打电话让他处理。那个小区属于自备锅炉供暖，前些年烧煤时还好些，群众室内温度勉强还能达到，自从煤改气以后，就基本是冰冰凉。他去实地调研时，还入户了几家，有个老太太拉着他的手，说："吴领导，你们坐在办公室里有暖气，回家听说都穿短衣裤呢。你现在摸摸我家的暖气片，冰得跟鬼脊背一样。"吴光明还真摸了下，暖气片确实是冰凉的。这几年冬天确实冷，老百姓的事情还是得解决啊。

吴光明说完，汪娟就端起酒杯，娇滴滴地说："来，领导。敬您一杯。您来我们单位调研过，我这基层员工还远远地看到过您呢。"说完了就说自己是那个单位的财务岗位，还说自己和刘建涛在一栋楼上，人家是她集团的分管领导。

吴光明端起酒杯喝了，就一定瞅着刘建涛。刘建涛嘿嘿地笑，说："人家汪娟说得对呢。我们这基层干部见大领导都觉得很是亲切。就说今天还有一事哩，就是汪娟想高升，集团本部又没办法去，请吴书记给找个去处。"说完了话，刘建涛就端起酒杯，喊着汪娟和他一起再敬吴书记，端起杯子说："激动的心颤抖的手，我给领导敬杯酒。"三个人就端起了杯子，咣当一下，喝了个满杯。

汪娟喝完了，又提议自己给吴书记再敬一杯，吴光明说：

"不喝了，不喝了，喝酒不能贪杯。"汪娟又说："万水千山总是情，这酒不喝哪能行。酒是粮食精，越喝越年轻。酒是长江浪，越喝越健康。"

吴光明这些天心头一直有事儿，就是他的女儿吴婷婷。吴婷婷大学毕业后，去了一家外企做翻译，也算是发挥了自己的特长。这姑娘毕业后，父母一直催促着谈恋爱结婚，尤其是程翠英，在家闲着也没啥事儿，就想着女儿早点结婚要孩子，自己这个做外婆的也就有了事儿干。可是人急偏逢奇怪事儿。吴婷婷在外面谈了一个男朋友，见面不到第六天就领了结婚证。领结婚证的那天，就把自己积攒了多年的二十万元交给了自己心爱的老公郭鑫，且义无反顾。用吴婷婷后来哭着的话说，原来自己瞎了眼，认为郭鑫是个体贴、多金、成功的人，没想到的是他套着爱情的外衣，用甜言蜜语和虚假的故事，将吴婷婷大口大口地吞噬掉，直到觉醒满脸已是两行无助且无法言说的泪水。这些事儿，吴光明原来根本就不知道，女儿大了，作为父亲，从来没有操心和过问过，都是妻子程翠英在忙活。当程翠英给自己说了女儿的事后，吴光明简直想拿刀去砍了郭鑫那个人面兽心的小子。

吴婷婷和自己在网上认识的汤灿关系好，两个人经常聊穿衣打扮、时尚名牌等等。汤灿的男朋友吕不为她也见过，他们几个年轻人还偶尔一起去唱歌和聚餐。吕不为让汤灿给自己的伙计介绍个女朋友，他觉得吴婷婷应该是不二人选。还表示他的伙计郭鑫是高干子弟，父亲在省委大院，家庭经济条件好，人也稳重。吴婷婷从来没有谈过恋爱，遇见郭鑫是她人生的初恋。虽然自己的父亲也是厅级干部，但是她还是有点顾虑，郭鑫比她大七岁，还有人家的父亲是省委领导，家庭背景有些悬殊，便拒绝了汤灿的好意。但有一晚吃饭出来，路上遇到了交通事故，他们前面的车发生了激烈碰撞，郭鑫捂住了吴婷婷的眼睛，不让她看见这血腥的场面。吴婷婷胆子小，且不说这么大的场面，就是谁杀只鸡自己都不敢看一眼。那晚，郭鑫一直在表达爱意，吴婷婷当真，觉得自己很是幸运，遇到了对自己体贴入微的人，就答应郭鑫，可以继续处下去。

吴婷婷答应了郭鑫后，郭鑫就再也没有离开过吴婷婷半步。在这人生地不熟的城市里，吴婷婷有了工作，就在这里安顿下来。那天郭鑫突然向吴婷婷求婚，吴婷婷说再处处，她还没有跟自己的母亲说。郭鑫自称很多女孩儿主动贴上来，自己都懒得理，遇见吴婷婷，这就是他自己的梦想了三十多年的心上人。

领了结婚证，吴婷婷也没敢跟母亲说。在她心中，自己的婚礼会是浪漫而盛大的。虽然领了证，但是婚礼仪式待郭鑫去接受了母亲的检阅，双方再定个吉庆的日子，好好地办上一次。甚至她还想，在工作地办婚礼以郭鑫家为主，回到自己家再办上一次，这样父母亲就高兴了。

吴婷婷认为，领了结婚证，她和郭鑫就是一家人了，郭鑫也拎了几件自己的衣服，住在了她租住的房子，吴婷婷开始了自己新婚的幸福生活。当天，郭鑫就强迫吴婷婷将自己的银行卡交给自己，声称自己看了一套房子，价值四百多万，这二十多万元可以用于交首付，其他的首付款父母已经打到了自己的银行卡上。吴婷婷有些疑惑，但是在一起的这些天，她能够感受到郭鑫脾气不好，她说等两人回家见了父母，然后就给他。郭鑫就拉黑了脸，说两个人如果连这点儿信任都没有，那就只有离婚了，便抱着吴婷婷又要进行亲热。吴婷婷担心自己成为莫名其妙离异的人，又害怕郭鑫对以后自己不好，便通过手机转账，将自己的钱转给了郭鑫。

第二天，两个人并没有去买房子，而是到商场购买男士的黄金首饰，还说买房子的钱不能动，要求吴婷婷用信用卡支付。吴婷婷就有点儿不高兴，人家都是给自己新婚的爱人买礼物，郭鑫却时时处处都是自己，她就赌气向商场外面走去。她刚出了商场的大门，郭鑫就紧追了出来，两个响亮的耳光就打得吴婷婷双眼冒着金星。吴婷婷在这座城市朋友不多，就掏出手机给自己单位的同事打电话，电话还没接通，郭鑫就一把抢走了电话，摔在了商场门口的水泥台阶上。吴婷婷终于明白，郭鑫的一切深情都是骗局。几个自己不认识的郭鑫的朋友就站在那里，晃着脑袋向他们笑。

吴婷婷捡起已经摔碎了的手机，顺手拦了一辆出租车快速消失在了车流中。坐在出租车上，呜呜地捂着脸哭了起来，哭得不能自己。好心的司机问她去哪里，她说快快离开这里，有危险。车向着城北跑了有半个多小时，吴婷婷才给司机说自己要去机场。吴婷婷就这样回到了程翠英的身边。女儿一进门，给程翠英来了个大惊喜，为啥女儿不打招呼就回来了，跑过来拉着女儿的手问长问短。母亲一问，吴婷婷就扑到母亲的怀里，先是哭了个痛快。程翠英也不知道发生了什么事儿，一直摇晃着女儿的肩膀问到底发生了什么事。女儿才把自己的傻事儿给母亲诉说了一遍。程翠英气得血压都升高了很多，拿起手机就给吴光明打电话，说："快，快回来，一刻都不要停。"程翠英打电话时，吴光明正在开民主生活会，捂着嘴说："开会呢，回不去。"程翠英大声地喊："女儿被人欺负了，你开个会还有用吗？"说完就挂了电话。

吴光明觉得事情不对，一般情况下，在上班时间程翠英从来不会给他打电话，家里的事情都是老婆打理着，什么煤气卡购电卡银行密码等这些事儿，都不在他对家庭负责任的范围之内。尤其老婆说了女儿，女儿是自己最心疼的小棉袄，到底是发生了什么呢？他再也在会议室坐不住了，会还在进行，自己也发完了言，批评和自我批评环节也结束了，就侧身给正在点评的主任说了声，家里有急事，就从旁边的门疾步出去回家了。

他手里的钥匙在大门的锁孔里转圈时，就听见客厅母女的哭声。女儿见父亲回来，又抱着他哭着说自己对不起父母，一时冲动惹祸上身。女儿说自己稀里糊涂跟别人领了结婚证，遇到了骗子。吴光明让女儿再联系郭鑫，郭鑫已将吴婷婷的微信好友删除，他们一商量，就回了女儿的城市报了警。

女儿在单位的班是上不成了，必须辞职回家。女儿即使乐意继续上班，他们夫妻俩也不会同意。就陪着女儿去单位办了辞职手续，又打房东电话说退了租房。公安很快就将郭鑫抓捕归案，一查这是个诈骗犯，同时以不同的方式，骗了四个女孩儿。

过了几个月，在法院宣判的时候，吴光明又带着女儿回去了一次，还参加了法庭的审理。被告人郭鑫以非法占有为目的，采用虚构事实、隐瞒真相的方式，骗取他人财物，数额特别巨大，其行为已构成诈骗罪，判处有期徒刑七年。

和刘建涛他们喝完了酒，吴光明出来走在回家的路上。本来刘建涛拉着他上自己的奥迪，他看汪娟也要上，他就不再上了，连忙说自己晚上要走会儿路，尤其是今晚，喝多了酒，吃饱了饭，就需要多走路来帮助消化，否则肚子就更大了些。他说完了话，刘建涛看他没有上车的意思，就和汪娟一溜烟走了，车子在路上跑得特快。

吴光明看着一路上的年轻人，就想起自己的女儿吴婷婷。这娃回来后，好像精神上受到一些影响。刚开始时是每天不吃饭，不出门，不见人。他和程翠英只能换着进女儿房间，跟她说宽心话。女儿刚开始说让他们出去，自己想静静。后来慢慢能说上几句话，他们做父母的也算很是欣慰了。现在，女儿偶尔自己出去转一圈，也不愿找同学们疯玩上几天，那个活泼的吴婷婷已经消失得无踪无影。自己不能陪女儿，老婆有的是时间，可是女儿又不愿让母亲陪，这可怎么办呢，真是令人头疼的一件事儿啊。

突然，吴光明想起了陈玲。他好久不联系陈玲了，老婆去年好像还和陈玲逛过一次街。他掏出手机，一看已经到了晚上的十点半，就又把手机装在裤子兜里。想了想，又拿了出来，给陈玲打电话。他觉得婷婷这事儿，只有陈玲能帮她解开这个疙瘩。听老婆说，陈玲这些年也是一个人过得不顺心，还摊上了不少事儿。电话接通了，陈玲还是那么大方，笑咯咯地喊着吴叔叔。吴光明突然很感动，在自己的生活圈子里，突然有人喊吴叔叔，是那么地亲近和温暖。人们都喊着他吴主任、吴书记、吴领导，点头哈腰，是那么的冷冰和虚伪。

吴光明一边走路，一边给陈玲说了吴婷婷的事儿。陈玲先是给他宽心，说："您工作忙，不操心了，我也没多少事儿，这事儿您就交给我放心好了。"第二天一早，吴光明还没有出门上班，陈玲就收拾得精干利索，蹬着高跟皮鞋噔噔地从门外进来了，不断地喊着："婷婷——婷婷。"吴婷婷一听有人来了，原来是自己小时候的姐姐陈玲，就从床上爬起来，抱着陈玲的脖子，显得是那么踏实和亲近。吴光明出门上班时，一再叮咛着老婆，给两个孩子把中午饭提前做好，穿了外套出门上班去。吴光明原来有专车，上下班都有司机接送，后来车辆改革，单位的副职就再没有了专车，自己原来坐的那辆帕萨特现在归单位的后勤服务中心管，单位谁外出开会可以填单子申请。吴光明自从没有了专车，基本都是靠着双腿，这样也好，一是可以锻炼身体，二是走在路上可以思考问题，真是两全其美。另外，每月的工资里，还多了一千多元的车辆运行补助。

吴婷婷见到了陈玲，有好多话要说，姐姐长姐姐短地叫着，虽然陈玲比她大许多。婷婷给陈玲讲自己大学的生活，讲得津津有味。她还说起自己学校一届传给一届的短句，甚至有人用笔写到了宿舍的床板上：

不早操，不早读，不晚修，五个食堂任意吃，洗澡方便，交通便利，冬有暖气，夏有空调，女生宿舍独立卫浴。出门有天桥，男女厕所按比例分配，校长有信箱，书记有微博，选择自由，性取向自由，不禁校园亲热，师哥疼爱师弟，师姐爱护师妹。云云。

中午吃完了午饭，陈玲就带着婷婷去逛街。婷婷淡妆搭配着时尚清新的外套，牛仔裤使双腿看起来更瘦，淑女的气质尽显。两个人挽着胳膊先去了熙地港，后来又去了赛格，南北跑了玩了半天，甚是快乐。婷婷也给姐姐说了自己的遭遇，说自己上当受骗的事儿，只怪她天真浪漫，没有认清那个人面兽心的骗子，甚至也没有看出来人家连环套的把戏，早知道是那样，自己打死也不会理。婷婷还问了陈玲和路明的事，说姐夫去国外不回来了吗？她知道路明去了国外，但是了解得不太多。陈玲给婷婷说，遇到优秀的男生再给她介绍么，还说人世间完美的人并不多，懂得知足才快乐。

18

　　吴婷婷一天天地开朗起来，又回到了她这个年龄段应有的阳光和烂漫，吴光明和程翠英的脸上写满了感激和欣喜。女儿在传媒大学学的新闻学，应该有一份工作，让她再次进入社会，这样可能会成长得更快。晚上躺在床上，程翠英就给吴光明嘟囔着这事儿。吴光明没有接话，因为他不知道女儿的想法是啥，也不知道女儿对以后的工作之路有什么思虑。他跟程翠英说，和女儿再聊聊。第二天在早饭期间，程翠英就问了婷婷。婷婷告诉妈妈，啥都行，也相信自己能干好。好好地工作，再过几年找个人嫁了，普通人的生活也就是这样。

　　她要活出自己的样子，她既不想成为父母那样，在体制内待一辈子，平淡如水；她也不会像陈玲姐那样，自己吃过的亏，就是交过的学费。婷婷说完，就扭过头去看妈妈，这时的程翠英已经是不能自已，默默地哭成了泪人。

吴婷婷一看母亲哭了，她知道母亲为什么哭，都是自己过去的不懂事，让母亲伤透了心。她过去搂住妈妈的脖子，反而安慰起妈妈来了。吴光明开始给女儿操心起工作的事儿来，他的脑海里想着女儿去电视台或者去报社当个记者，这样是不是更合适呢？最差也让女儿去国资委下属的这几家企业，他们企业内部也有宣传部、新闻中心等等，女儿也是个不二的人选。女儿的简历已经准备好，他打印了几份装进了自己的包里。省报肯定是进不去，人家进人每年都要参加事业单位公开招考，他给省报的总编辑也办过几件事儿，想着想着，就给省报的总编辑高帆打了电话，说晚上一起吃饭，向他报告下女儿求职的事儿，请他给娃多出出主意。其他媒体人他也不认识，就让高帆看着邀请。打完了电话，他又给陈玲打电话，说了晚上和大家一起吃饭，且安排到了高新路的高新宾馆二楼，让她过来也参加。陈玲带着婷婷那阵子，他突然觉得婷婷像变了人儿似的，吴光明的思想压力马上消失殆尽，他只想让自己的女儿过得更好。女儿难受的是心，他焦心的是自己的后半生啊。万一女儿受了刺激，精神上有个三长两短，自己在官场拼搏这半辈子还有什么用呢。

晚上七点，华灯初上。高帆带着几个人悉数到了，说要给吴书记一一做汇报。戴眼镜的这位是都市报社的副总编，也是自己的兄弟。那个戴眼镜的副总编就说是是，自己是高总从年轻到现在，一路看着成长起来的，自己刚毕业是愣头青的街巷记者，到后来成长起来离不开高总的支持和鼓励。胖乎乎的这位，是电视台的副台长，这位副台长当年人称"省台一哥"，是个专家型的领导。还有华闻报的总编，这哥们儿也戴着眼镜，早年在都市报社，后来跳槽来了华闻报。他不仅报纸编得好，每年都有作品获全国大奖，而且自己还是个作家，乡土散文写得那是一个让人叫绝，不长的文字间张弛有度，游刃有余，让人读了热泪盈眶，他的作品还获得过鲁迅文学奖呢。高帆一一介绍完，陈玲更是目瞪口呆，今晚简直就是群英荟萃么。吴光明介绍了吴婷婷的情况，说娃大学毕业在外地干了一些时间，后来就回家，本来要去国外深造，磕磕绊绊地没出得去，还是肯定要各位老总给娃的未来出出力，谋划下。说完了话，就端起杯子要和大家喝三杯酒。

酒过三巡，电视台的副台长说，就凭吴书记这一说，婷婷做个出镜的记者应该不会有任何问题。他还举了几个例子，说台里现在当红的某某某，当年刚来台里，套房都租不起，就住在八里村苦练内功，才有了今天的成绩，但是不能让娃来当临时工，下次台里招考他一定第一时间给娃争取个名额。都市报的总编一看电视台抢人，说："我说啊，伙计这娃就适合我们都市报，我们虽然和省报属于一个队伍，但是毕竟灵活性大啊。娃进省报要参加事业人员招考呢，千军万马过独木桥哩。我这里现在从省报分出来了，属于企业性质，来我这里好。娃去哪个部门根据她的喜好。文化、热线、都市、生活等等，这些部门都随便挑，后天就可以来上班。"华闻报的总编大笑，说看来他自己没有了机会，这样吧，自己先喝一个酒，他觉得婷婷就适合去华闻报，虽然可能比较辛苦，但是这正是练本事的时候。华闻报发行量大，仅仅就发行这一块儿，还成立了一个绿马甲快送公司，不但送报纸，还送牛奶等等。编辑记者队伍人数多，分工细，尤其是报社的深度评论部的几个主笔，在全国赫赫有名，每天的评论版，有高度，有深度，文风犀利。总编说到这里，吴光明又要端起杯子，给大家敬酒，尤其是高帆，端起杯子连续喝了三杯，说吴书记的事儿都是弟兄们的事儿，娃去哪家？让娃定。大家都齐声说："是是是，娃自己选的，就是她最爱的。"

晚上回去，吴光明和程翠英，喊着正在看书的吴婷婷，三个人开了个家庭会议，吴光明如实说了大家的具体情况，也分析了几家的优势，程翠英随声附和，婷婷说去华闻报社吧，她想挑战下自己。越是市场化，越是能施展自己这么多年吃下的墨水。第二天一早，吴光明就给高帆回了信儿，说尊重娃的意见，去华闻吧。过了几天，婷婷就接到了华闻报社人力资源部的电话，通知她体检并办理入职手续，并欢迎她加入到光荣的记者队伍中来。

吴婷婷上了班，每天早上出去，晚上回来，跟着自己的老师在时政新闻部学习，参加市上领导的会议，练习写新闻稿。市上领导的新闻稿最终要让市政府办公厅按程序审定后才能登报。婷婷就自己写，写了让老师看，老师看了再发给市政府，他们就等着市上的审定稿再签报。她回到家里来，也常常和父母亲分享自己的所见所闻，觉得自己的专业没有白学，说完了又大笑，说生活真是最鲜活的文字，书本的知识最终还是要灵活运用到工作中来。

周末了，她也喊着陈玲一起去逛街，给自己买漂亮的衣服，她说自己最喜欢的电视记者是柴静，把自己的发型也剪成了那样。2013年，柴静出版讲述央视十年历程的自传性作品《看见》，更是婷婷最爱看的书之一。婷婷的性格也和柴静一样，矜持冷静，声音柔和，短发精简，一条围巾搭在脖颈上，如同清秀的邻家女孩。看着女儿在工作上渐入佳境，程翠英又想起女儿的婚事来。女儿大了，结婚成家生子，这是程翠英每天都考虑的问题。她也跟婷婷提过，说遇见了男孩也要主动了解啊。但是女儿总是说不急不急，先干好工作才对。程翠英知道女儿和那个混蛋的离婚证就在女儿的抽屉里，她打扫卫生时看到过，但是从来不在女儿面前提及这让人痛苦的往事。尤其是吴光明和婷婷上了班，她就一个人坐在家里，发呆想这些事儿。

周末，她早早地起来，做好了早餐，一个人就出门溜达着去革命公园，革命公园有个相亲角，常常是人流涌动，许多的征婚信息或打印的，或手写的，密密麻麻地挂在绳上、景观树上，现场以老年人居多，来这里是为子女的婚姻大事来操心的。子女基本不会在现场，有时两个老人互相打听对方子女，若有好感也会互留电话，以方便为孩子牵线。程翠英不言语，一个人转悠着看，原来这里以大龄青年居多，也有一些二十出头的"90后"和六十多岁的孤寡老人。她看了几个，觉得从征婚信息上看，和女儿是最适合不过的，但是这仅仅是简单且冰凉的文字，宝贝女儿再也不能在这事儿上有个三长两短了。又一次回来，她喊着女儿说："哎，我的大记者啊，我给你提供个新闻线索，每周末革命公园的征婚角甚是热闹，要不你也去看看呗，顺便积累点采访素材。"婷婷知道母亲在想什么，母亲给她的话就如蝉翼般透明，但是谁也不把话儿说破。婷婷跟母亲说："你也别操心啊，我是时政记者，不是社会新闻记者，我去采写了稿子报纸也发不了呢。"就把妈妈搪塞了过去，嘻嘻地笑。程翠英听到了女儿的话里有话，就拉下脸说自己好心反而成了驴肝肺，婷婷就是个没心没肺的东西。

那天陈玲正在上班时，接到了陈爱国的电话。陈爱国好久都不给陈玲打电话了，好像打了电话也没有话儿说。陈爱国说王志敏复出了，几个人坐坐。陈玲说好么，复出去哪里了？陈爱国说调到禁毒大队去了。陈玲说复出了好，复出了好。就约着过几天庆贺下。杀人犯黄振业都执行死刑几年了，王志敏才得到了工作安排，实属不易。陈爱国、王志敏、陈玲还有政法学院的教师郭刚又坐到了一起，坐到了小杨烤肉的烤肉摊上，交谈甚欢。自从凌解放去世后，他们几个可能对酒这个词敏感，都没有谁再敢说来，喝他个几瓶，喝就喝个痛快。他们今晚也没有喝酒，拿着冰峰饮料干杯。

陈爱国还是老样子，每天忙忙碌碌。上班下班，加班审案卷。这几年好像案件多了些，案卷就每天有厚厚的一摞，都需要他认认真真地看完。他在裁判文书的制作上也是下足了功夫，而且越是疑难、复杂案件，他写的文书就越出彩，也成为同事们在业务学习推崇的"范文"。

聊着聊着，陈玲就给大家说她上次去北京的事儿，简直就是现实版的《人在囧途》，大家都唏嘘不已。聚餐还没结束时，陈玲的电话响了起来，她拿出来一看，是庄泽亮，就走出门来接电话。

庄泽亮说："姐，是我。"

陈玲说："哦，干啥这么神神秘秘？"

庄泽亮说："有个事儿不知道给你该说不该说。"

陈玲说："有啥不该说的呢。快说。"

庄泽亮说："我路明哥回来了。"

陈玲迟疑了一会儿说："哦，回来就回来么。"

路明是想见孩子和陈玲。人啊，可能就是这样，随着年龄的增长会变得成熟和周全。尤其是人到中年，应该说没有谁比谁活得容易，生活中充满了亏欠和无助。可能当我们身心无比疲惫时，见到亲人也应该打起精神，一副轻松的模样，其实内心深处早已是泪流成河，全身涌动。陈玲答应了庄泽亮，孩子正好这几天放假在家，也算是个机会。

第二天中午，路明早早地来到了位于纬二街的休闲餐厅，这是庄泽亮推荐的地方，距离他们几个人都比较近。路明一身笔直的西装，原来乌黑的头发多了几根花白。在纽约，他不仅是公司的老总，更是小冉的老公、孩子的爸爸，工作忙而充实，但是异国他乡的孤独，已经成为经常自我舔舐的伤痕。甚至自己的爱人小冉，都难以懂得。他常常一个人在夜里跑步，舒缓自己。这么多年没有见到自己的儿子，他甚至多次站在餐桌旁，练习着这个普通的盛大仪式。陈玲也是，回家给孩子说了要和爸爸见面，就在明天，爸爸从国外回来。孩子眨眨眼，说哦。看上去没有什么激动或者排斥。

陈玲不想让自己看上去那么邋遢，这些年有时候真是想破罐子破摔，走到哪里算哪里。但是她的内心世界里，一直有一颗倔强且不服输的心。她早早地起床，梳妆打扮，虽然眼角已经有了些鱼尾纹，这也算是岁月的印记。谁不会在时光的沉淀中老去呢？人就像一棵树，青年时如初夏，葱郁繁盛但不失鲜嫩；中年时如仲秋，虽没有了夏日的炎烈迫人，但是霜降还会远吗？孩子一天天地长大，长成了个男子汉，自己就变得娇小起来。出了门，她就拉着儿子的手向纬二街走去。到了餐厅，她远远地就看见路明站在那里，心里却一阵酸楚。

路明伸手过来，抱儿子。儿子的身体坚硬得似一尊雕像，面无表情，个子也快赶上了自己的父亲。站在旁边的陈玲笑了笑，说："你回来了。"

路明说："回来了。"

陈玲说："她咋没来？"

路明笑笑，说："我一个人回来的。"

陈玲说："她还好？"

路明呷了一口茶："都好着。"

中午的休闲餐厅里，正好赶上了吃饭的时间，进进出出的人熙熙攘攘，餐是路明点的，他按照过去和陈玲的爱好，加上儿子，点了几个菜，吃得也是其乐融融。儿子吃完了饭，先告了辞，说老师下午还要讲模拟试卷，就坐上公交车走了。这些年，儿子住校，偶尔回来在家里待几天。吃完了饭，路明把带来的手提袋给陈玲，说是香水。陈玲突然低下头，眼睛里充满了湿润。她突然想起了和路明在一起时，有一首歌叫《香水有毒》，那首歌当年甚是流行，大街小巷都来回飘浮着那个音律的味儿。更甚的是，那首歌词简直就是她自己的写照啊。

路明还说，袋子里有张银行卡，留着给儿子上大学用。陈玲拒绝了。她有能力把儿子养好，供养他上大学，儿子也是这个世界上唯一和自己最亲近的人。

陈玲说："其实那时候我真的很恨你。"

路明问："现在呢？"

陈玲说："不恨了。我现在只想把儿子照顾好。"

路明说："你就当我是混蛋。"

陈玲说："无所谓了。当年有个男人，说我是世界上最美的女人。我虽然当时很当真，现在却觉得是无所谓。"

她又说："在外面照顾好你自己，还有小冉和孩子。"香水就收了下来，银行卡却退了回去。路明又推过来，陈玲又推回去。推来推去，以路明失败而告终。两个人就出来走在了大街上，相互告别离去，自然而有度。

走了一会儿，她想去看看吴光明。听婷婷说，她爸爸最近总是有点晕，前几天住进了医院。吴光明患有高血压，加之脑血管有些问题，已经在医院里住了多半周。到了病房，是程翠英在陪护。程翠英心疼女儿，就让她在家里休息，说她整天干的都是要燃烧脑细胞的工作。吴光明下个月就退休了，组织人事部门也正在给他办理退休手续，可是单位还有好多事儿，例如说脱贫攻坚，他们联系的是陕北的一个县，他需要常常去，跑资金，跑项目，甚至他把省属的国有企业都组织着去实地调研了一圈，大家出谋划策，就是为了把群众的事儿做好。省国资委的书记也跟吴光明谈过，他觉得自己应该把工作生涯画上圆满的句号。

吴光明的祖祖辈辈都在农村，他是高考恢复后的第一届大学生。他记得1977年9月的一个傍晚，他正在农业社里一边抄一个东西，一边听着全国联播的新闻，当时没有电视，只有广播，广播还是上海来的知青偷偷带来的。广播里面第一条就是恢复高考，从喇叭里传出来了。他当时就一个人走出房子，站在村边的河边，那时候他心里就感觉这生活要大变化了。他和那个一起听广播的知青暗暗发誓，一定要参加高考，不一定能考上好的学校，但觉得应该能考上，因为他们每天晚上都看书，保持了学习的习惯。

吴光明躺在病床上，一边吃着程翠英递过来的已削好的苹果，一边给陈玲回忆着自己年轻时上学的故事。程翠英说："别听你叔现在说当年出五关、斩六将的故事，他当年也有喝米汤、尿一炕的时候。认识我时连一双不打补丁的袜子都没有，他第一双丝光尼龙袜子还是我送给他的，他舍不得穿，说那是两个人结婚前的见证。"那个年代的爱情，叫作朴实且毫不动摇。到如今，吴光明和程翠英还是相濡以沫，情意浓浓。

19

　　陈玲正在家里整理衣物时，电话响了起来，一直响个不停。陈玲放下手中正在叠的衣服，接了电话。

　　杨瑞说："妹子啊，想来看看你，不知是否方便？"

　　陈玲说："来吧，我正给脸上贴花儿呢。"

　　杨瑞就哈哈地笑，说："你别吓我啊，这是又要出远门吗？"

　　陈玲有一句没一句地说："咋了？你这么大的领导，无事不登三宝殿哩。"

　　杨瑞说："事情倒没有，见下总可以吧。"

　　陈玲说："你随便。"

　　杨瑞和陈玲把见面的时间约在了下午两点半。时间刚刚到，家里的门铃就急切切地响了起来。来的人不仅仅是杨瑞，还有区信访局的朱长凯局长，两个人的后面，还跟着两个跑腿的下属。下属的手里提着端午的粽子，还有米面油。四个男人进门，正准备换鞋，陈玲说："不用不用，家里只有两个人，没有那么多的鞋子，当然，对于登门的领导，哪能让换下鞋子呢？"

杨瑞说："不换就不换了，正好我脚臭，换了还对不起你收拾这么干净的屋子呢。"朱长凯说："杨主任说得对，我们这臭男人，都有一双臭脚，回到自己家都会被老婆数落，说再别掂着那一双臭蹄子回来了。可是天天回去，脚还是臭，门也就进了，床也就上了，睡了一觉就又掂着臭脚走了，一天天地忙活着，都不知道自己每天在忙活啥。"还说："你看人家陈玲，把自己的家里收拾得井井有条，鞋是鞋的柜，衣是衣的架。人常说，这女人只有出门把自己给外面的男人看。我常常在家里说我媳妇，不洗头不洗脸不化妆，一脸素颜，简直就是个黄脸婆。每当到出门时，再三催促着还扭过头来骂人，说你急得有鬼撵着吗？在那里精描细画，涂涂抹抹，这件衣服试了试那件，可是床上的被子都懒得叠起来。这不是把自己最美的一面给外人看么。"他说完了就哈哈笑。

杨瑞笑着说话时，陈玲把他们请进来，坐在客厅沙发上，进了厨房，接饮水机的水给他们倒茶。朱长凯："哎，别忙活了，我们就来看看你。这不是快过端午节了嘛，按照区上领导的要求，说让我们来看看你。"他嬉皮笑脸地说，"领导说了，你平时有啥困难都给我们随时提。你要相信政府，你的事儿都是政府的事儿。我们吃着这碗饭，就是为区内群众服务的。"

他说完了话，跟班的两个小伙子就不住地点头，说："是是是，姐有啥事就给我们打电话。"头点得如小鸡啄米。

其实是"五一"马上就要到了，今年的端午和五一小长假在一起。自从上次去北京的事儿后，陈玲就成了区上信访的重点人之一，每逢节假日，街道办或者区上都会安排人来，咸咸淡淡地说上几句好话，提上点米面油之类的东西。陈玲并不想让他们来，也多次说过自己不上访，只是想解决自己的问题。她不愿意成为上访户，自己和路明这十多年都过去了，过去的事情早已风轻云淡。她曾经还一直想要告办案的凌解放他们，可是凌解放死了，自己还赔了钱。她要的是自己的名分，自己不愿成为信访户，但是每次说到正题上，竟然没有一个人痛痛快快地告诉她，解除她的黑名单。这年头是走到哪里都要用身份证信息啊，可是自己几年来坐不成高铁，也坐不成飞机，谁又会给自己解决呢？市上的12345热线也打过，给市长信箱也反映过，可是最终解铃还须系铃人啊。

到了十一前夕，各级领导大接访活动又开始了。这次是省信访局来市里，接待她的是符金英，符金英已经是省信访局的二级巡视员了。陈玲认识符金英，她俩在法庭上见过。到今天，她也能够理解她，谁让凌解放的死与自己有关呢。旁边的市信访局一个副局长介绍说："为了做好相关工作，今天符局长带队来市里，就是要帮助我们化解群众矛盾，为全省信访工作贡献力量。"这种官腔的话陈玲已经听得很多了，她每次听到这样的话，已经是双耳生尘，怎么也听不进去。她的眼前放着参会的领导名单，上面赫然写着：省信访局二级巡视员符金英。就抬头向她微微笑，以示尊重。

陈玲本来是陈谷子、烂芝麻都要细述一遍，让符金英巡视员也听听这么多年来自己的不易。她突然想到了凌解放。就说自己的身份证被拉入了黑名单，至今还在，还没有消除。符金英抬头笑了笑，说："你去北京是咋回事呢？"陈玲说："我是去玩，买票的时候才发现了自己的身份证被限制，也不知道是哪位领导决定的。身份证既然被限制，家门口还被人站了岗，自己就想着爬也要爬到北京，天下总是有个说理的地方呢。"她一咕噜地把自己去北京的事情说了一遍。

符金英说，明白了。她看了看身边的市信访局局长何红星。何红星说："陈玲这事儿我也是这次才听说，我马上责成区上进行调查处理，给陈玲一个满意的答复，也第一时间给省局汇报。"

信访接待的形式走完了，陈玲刚走出信访局，走在大街上，时间已经是大中午。初秋的午后，阳光还是有一些燥热，她的电话就响了起来，是一个陌生的号码。电话接通后，传来一个女人的声音，是符金英。

符金英说："你好，陈玲。我是符金英。咱们刚见过。"

陈玲突然不知道叫什么好，嫂子？她真的是凌解放的爱人，可是凌解放已经去世。她就说："领导好，我是陈玲，给您添麻烦了。"

符金英说："咱们都是老熟人了。"

陈玲说:"嫂子,是的。给您和凌专委添了不少麻烦呢。"

一听到凌解放,符金英愣了一下,说:"没事,你哪天有空咱们聊下。"

陈玲说:"好,好。我都有时间。您哪天有空我去找您。"说完两个人就挂了电话。

过了几天,陈玲和符金英约在了符金英家不远处的一家咖啡厅。符金英到得早,给两个人分别点了杯咖啡,两杯摩卡冒着热气儿,在午后的阳光下,丝丝缕缕。见了面,两个人就坐了下来。符金英开玩笑说:"哎呀,妹子。上次在北京我以为咱们会见面,可是一直没见上,听说你上次受了不少苦。"

陈玲说:"没啥。我没有想着上访,只是去北京见朋友哩。"

符金英听完了陈玲的话,就哈哈地笑着说:"上次在北京,我也在,他们区上的人也是煞费苦心,我相信你也不是上访的人么。"

陈玲说:"是,我到了北京本来要去。在门口溜达了几圈,自己把自己劝住了。"

符金英说:"其实我前些年就听老凌说过你的事儿哩,你也不容易。孩子还好吧?"

陈玲抿了口咖啡,说:"挺懂事。我不太操心。"

符金英说:"咱们都不容易啊。老凌去世后我也是忙乱了这些年。老父亲的身体一年不如一年,也是到了风烛残年的时候了。儿子在外晃悠了这些年,也是个头大的事儿。"

陈玲一看符金英不是为了和她谈自己上访的事情,就放下了心。说："凌专委的事情，我和那几个人都有责任，还是嫂子宽宏大量哩。"

符金英骂了一句："老凌也是个不会享福的主。"说到了凌解放，陈玲看见符金英脸上阴一阵儿晴一阵儿。

她就问："孩子现在哪里呢？"

符金英说："大学毕业后，一个人在外面浪荡呢。"

陈玲说："哦，娃一个人在外，您肯定放心不下。"

符金英说："愁人得很。让人家考公务员，人家说他不想在体制内工作，没意思。他姥爷给孩子动员思想，都不行。孩子从小在他姥爷身边长大的呀。"

陈玲又说："其实回来也好着，西安的房价还不高。广州那地儿虽然繁华，但是娃得多辛苦啊。"

陈玲的这句话说到了符金英的痛处。她喝了口咖啡，说："就是么。我可给他买不起。可是回来干啥呢？"

符金英又说："本来想着回来去个开发区，我也有认识的人，可是人家说开发区和政府有啥区别呢？他可不愿意天天规规整整地坐办公室。"

陈玲说："嫂子，您别操心。现在这孩子思想都很独立。我家那个快高考了，我给人家说话，人家都说我已经跟不上时代了。"陈玲说完，就瞅着符金英笑。

符金英说："唉，谁指望他们能给咱们干啥呀。他们把自己弄好，就算烧高香了。过几年再结了婚，咱们就是人家厨房里的丫鬟，看孙子的保姆。"

陈玲嘿嘿地笑，说："只要人家要咱们，也算是咱们不失业了。"她就给符金英讲了自己朋友的事，她讲的是吴婷婷。吴婷婷前几年结了婚，老公是西工大的博士，工程大学的教师。婷婷已经成了报社时政新闻部的顶梁柱。他们结婚后，程翠英就催着两个人要孩子，恨不得明天女儿的肚子就鼓起来似的。女儿前段婚姻上了当，受了骗，和博士的偶尔相遇，珠联璧合使吴光明和程翠英的脸上，再也看不到多云天，准确说两个老人的脸上始终万里无云，乐和无边。结婚后，婷婷就住进了父母给准备的小窝里，享受着爱情和婚姻的甜蜜。博士原计划是现在还不要孩子，自己的课业重，又想着要升副教授，有一大堆的实验和论文写不完。婷婷原本上班时间还算规律，可是后来就有了夜班。夜班是干啥呢？报纸印刷前部门领导要签字，美名其曰：审版。这可算是急坏了程翠英，她就开始骂吴光明，说两个娃结婚还得要孩子，她急着抱孙子都急疯了，你看人家楼下的邻居，不到六十岁孙子都满地跑了。女儿和女婿别只了事业，不要下一代啊。她甚至让吴光明找报社的领导，考虑女儿的实际情况，给女儿调整岗位。

　　这事儿吴光明还没有行动时，程翠英就把话从微信里传给了女儿，这可是让女儿炸了锅。女儿在语音里说："老娘你再说，你后年都抱不上孙子。你信不信？"程翠英听完了语音，指着吴光明说："你听听，你听听，这就是你家闺女，气死我了。"就坐在一旁给吴光明撒气。吴光明拿着一份《华闻报》，挡着自己的脸，盯着报纸入了定一般，还是不说话。

程翠英实在没办法，周末就早早地买菜做饭，说要让女儿女婿回家吃饭，两个人再忙，饭还是要吃的。尤其是她拿手的薄皮酸汤水饺，没有几个人能超过。电话早早地就打了，女儿说还没起床，起床了就回来吃。程翠英乐呵呵地在厨房一个人忙活着，还哼起了广场舞的歌曲，脚尖儿还跟着哼唱动起来。十二点刚过，女儿女婿就推门进来。一家四口人围在桌子上吃饭。四个人吃着饭时，她就有一句没一句地说女儿要孩子的事情。女婿听了她说完话，就向着婷婷努了努嘴，咧着嘴偷偷笑。婷婷听完，就答应了要孩子，用她的话说，就是给老娘要孙子，她仅仅是生下来而已，育是老娘自己的事儿。

　　婷婷的孩子还没出生，忙活的却是自己的老娘，孩子的姥姥。老娘没事儿干，给孩子准备了一大堆的衣服、尿布，就期盼着自己的宝贝孙子福降人间。甚至在女儿怀孕前，她没事儿还跑到慈恩寺、八仙庵等地儿去烧头炷香，自己虔诚地跪在那里，口里念念有词。女儿有了身孕后，前三个月，她跟吴光明都没有说，又跑到寺庙里去还愿。她甚至都给孙子起好了名字，就叫天赐吧。自己盼星星盼月亮，终于熬到了孙子出生的那天，早早地陪着女儿来到医院待产。来医院前，还有许多不放心，接生的医生是不是好？助产士是不是经验丰富？后来吴光明实在是看不下去，就给妇产医院的书记打了电话，程翠英的心才放了下来。

　　在医院里待了一周，按照程翠英的安排，婷婷和孩子就回了老娘的家。婷婷和孩子的房间，还是婷婷原来住过的那间，可是房间的床铺都换成了崭新的母子套。本来女婿说要不去月子中心再过一个月，话还没说出来半句，就被程翠英回了回去。她说："生娃照顾娃这事儿，你们有经验还是我有经验啊？"女婿听了这话，一句话再也没有说。正好自己的父母还在老家，且还没有退休，按照女婿的理论，谁照看谁有发言权，这时候程翠英就是家里唯一有发言权的人。

陈玲讲完了程翠英的故事，符金英就咯咯地笑。说可怜天下父母心啊。年龄再大的人，遇见自己的父母，就变成了孩子。父母在，自己就是孩子。父母老去，自己就是成人。陈玲说："是啊。我老家的父母也是。人老了，就变成了小孩。老人离不开孩子，就像孩子小时离不开父母一样。"符金英说，自己还剩下三年多就离开工作岗位退休了，到那个时候就可以安心地服侍老爸，照顾儿子了。

两个人不知不觉，已经在咖啡厅坐了近三个小时，顿时觉得成了无话不说的朋友。陈玲觉得，符金英是一个要强的人，怪不得前几年经常和凌解放发生口角，可能是人生观不同吧。她还觉得，符金英是一个值得交往的人，她能敞开心扉，和她在这里一下午，至少把自己也当成了知己。这时的符金英，和坐在会议室讲话的那个符金英不一样，至少说话的口气不一样，一个是真正的她，一个是官位下的她，她到今天彻彻底底地是自己。

离开分别时，符金英说，改日再聚。陈玲就送着她回那个自己曾经来过的军警路小区，只是门口的那一排槐树长得更加粗大。看着符金英一步步地走进院子，她才慢慢地离开，准备搭车回家去，军警路上的路灯，已经进入了后半夜模式，间隔地亮着，无精打采。符金英回到家里，脱了外套，一个人躺在床上，想儿子的事儿。她自己还能在这个岗位上干上多久呢？儿子在广州一家房产公司做房产经纪人，这个工作实在是辛苦不已。自己家门口就有几家房产经纪公司，一群年轻的男女早上在门口开晨会，喊着"好、很好、非常好"的口号。她原来想把自己那套老房子卖了去，也曾去咨询过，那些孩子中午吃着便宜的盒饭，穿着西装和皮鞋，人倒是收拾得干练和成熟，个个都是滔滔不绝，他们卖着百万元以上的房子，吃饭间谈论着百亿以上的房产市场，可是个人能够交易几套呢？真是辛苦啊。她和一个长相很是漂亮的姑娘还聊了一会儿，甚至她都想问问人家姑娘是否有男朋友，他们为房奔跑，为房忙碌，为房愁断肠，为房喜上眉梢，到底有几个已经在这城市里安家落户了呢？他们仅仅是靠着三寸不烂之舌，把自己手里的房源推出去，赚上几个点的提成费。

那个姑娘开玩笑说，自己每天要打完上百个电话，耳朵都长茧了，没有客户是不行啊。而且还得漫天撒网，重点逮有价值的客户。姑娘说，为了能和客户磋商个好价格，总是想方设法、绞尽脑汁地分析和说服，真是智慧与反应的挑战，一天天就这样，累并快乐着。姑娘还说，大学毕业总不能做巨婴吧，首先要自己挣钱来养活自己，较为稳定的工作那么难找，考公务员和事业单位简直就是千军万马过独木桥，自己可真不愿把时间浪费在这类的复习上，所以就加入了经纪人这个行列，已经快三年了。

　　符金英想，儿子也应该是这样的生活吧。尤其儿子一个人在外，在广州那个开放的沿海城市，底薪可能稍微高了些，但是租房吃饭社交后，每月基本都干净了去，她这几年从来没有问过儿子是否有积蓄，她甚至在一年四季还心疼地给儿子转零花钱。儿子经常性不收，收了也发几个感谢的表情，看上去甚是欣喜。想着想着，就迷迷糊糊地睡了过去，直到半夜醒来，才刷了牙洗了脸躺在了被窝里。最近又到了一年要忙乱的日子。年底各类报表总结检查真是连续不断。还有，到了年底，还有一些工作上的事儿需要来回地沟通协调。

　　春节的第三天，陈玲给符金英打了电话，问好并拜年。符金英也没啥事儿，就让陈玲到家里来，反正都是一个人，两个人在一起还是个相互陪伴。大年三十儿下午，她就去了父亲家，父亲的身体还真是不好说，饭量也少得可怜，陪着父亲过了大年初二，自己就回来了，她总是觉得心里乱乱的，儿子又没有回来。儿子说："过年的机票那么紧张，且还贵。妈妈我就不回来了，想出去玩上几天，城市里年味儿本来就淡。"除夕夜，儿子和她手机视频，向姥爷提前拜了早年。儿子在自己租来的房子里，看上去冷冷清清，她的心里就又难受起来。

　　陈玲来了，大包小包地来了。符金英就说她来就来么，还带着这么多东西，就纯粹是见外了。符金英说："好我的妹子呢，你是送礼来么？"

陈玲笑笑，说："这是礼节么，我小时候在家里就是这样。"

陈玲又不经意地问："儿子忙得没顾上回来？"

符金英就突然有些泣不成声，说："儿子大了就忘了娘了。估计把他早死的爹也早都忘到九霄云外了。"说完了话，还用手抹着没有流完的眼泪。

陈玲这才觉得问到了符金英的心灵痛处，忙着说："都怪我。"又过来拉着符金英的手说宽心话。

到了下午吃晚饭的时间，陈玲要走，符金英却留住了她，说两个人一起做饭吃饭来打发时间。说着两个人就进了厨房，符金英家的厨房基本上没有多少蔬菜，她就在冰箱里翻，翻出来速冻牛排，就说两个人煎牛排吃，然后又做了蔬菜沙拉，主要是圆白菜、番茄、黄瓜等常见的食材。做好了晚饭，符金英还打开了一瓶红酒，说过年了，咱们也喝上几杯，两个人就开始碰杯起来。

吃饭时，陈玲说要让孩子回来，孩子小时父母操心上学，长大了还得关心他成家立业，结婚生子。自己给在省上的企业联系个单位。符金英又端起高脚杯，眼眶里的热泪又汪汪地起来。原来陈玲在大年初一去了程翠英家，去给婷婷的儿子送压岁钱，自己做姨妈的，应该有这份心。在婷婷没有孩子前，她有空都会去，和吴光明夫妇包饺子，吃个团圆饭。在长安这座城市，好像再也没有这样不是亲戚，且比亲戚关系还好的一家人了。在吃饭时，就给吴书记说了符金英孩子的事儿。她自己感觉到，符金英巡视员会帮她，且最近和自己处得很好，认识一个人总比惹了一个人强。程翠英听了陈玲的话，就用脚在桌子底下踢吴光明，说娃这些年多不容易，好不容易认识个这样的人，对解决她自己的事儿也是有好处的么。吴光明就嗯嗯地点头，说他在收假后就来落实。

符金英那晚送陈玲到楼下后，口里还是不断地说谢谢，为她解决了心头一直放心不下的事儿。她上了楼，就给儿子视频电话。儿子第一次没有接，一会儿打了过来，说自己在吃饭呢。视频电话里，符金英看到儿子吃的是方便面，至少一个已经吃过的红色的桶装方便面还显赫地摆到桌子上，让她既心酸又难受。她给儿子说了陈玲阿姨的想法，问儿子的意见。令符金英没想到的是，儿子满口答应说可以，她差点激动地丢掉了手机。但是儿子说，这估计得到两个月后，一来是自己的佣金还没有结清，年后还有一套房子没有交易完，二来是房租也即将到期，到期后才能退押金呢。

过了三个月，儿子从广州回来了，回到了符金英的身边。符金英早早地给儿子收拾了房间，换了床铺，她知道儿子这些年在外肯定受了苦，只是不给她说而已。儿子回来的消息，也令陈玲很是高兴。吴光明春节上班后，就给省国药集团的董事长了这事儿。董事长满口答应，说没问题，只要娃回来第一时间找他报到。省国药集团在省国资委管理的企业里，也排在前列。这家企业覆盖了医药工业、医药流通、医药包装、医药科研和健康服务业等领域，经营医药产品上万种，每年的收入和利润都很是可观。用别人的话说，谁买药还还价呢？符金英的儿子顺利入职集团市场经营部，负责市场开发工作，待遇还很好。工作了三个月，按期转正，就正式成为省属企业的一名干部，这是符金英最欣喜的事。儿子刚入职那阵儿，她还有些担心，可是儿子说："妈妈，鞋子合不合脚，只有穿的人才知道。你不了解我们这个行业，你就甭操心了。"儿子这话，说得符金英心里乐开了花。

20

符金英有一天在办公室正喝茶时，接到了一个陌生的电话。第一次响了三声，她正准备要去接，电话却挂断了，她就没有在意。过了一会儿，电话又响了起来，就接通了。电话里传来了一个男人的声音，说："是我。"啊，她突然产生了幻觉一般，这不是黄平生的声音吗？虽然说自从黄平生犯了事儿后，她仅仅在警示教育中更多地知道了具体的案情，可是这么多年没有再联系过。黄平生刚入狱那时，她还打听到了他服刑的监狱和地址，本来想着要去探望，后来自己却把自己劝住了。自己刚从市局来到省局，还是有些生疏，毕竟是换了一个工作环境，就此每天在忙碌中渐渐忘记。

符金英说："你回来了？"

电话里的声音依然如故般沉稳，说："回来三个月了。"

符金英就有些语无伦次，说："回来了好，回来了好。"

黄平生就在电话里，嘿嘿地笑，说："忙吗？能见下么？"

后来两个人就约了周末一起吃饭。这饭只有他们两个人，符金英本来是要喊着原来几个和黄局长要好的同事，最后想想也就作罢了。黄平生和以前比，人已经瘦了一圈子，但是看着也精神。原来大背头的发型，被啫喱水固定得油光有型，而今成了年轻人时尚的毛寸。坐在符金英面前的这个男人，突然让她有些局促和不安。黄平生的目光在餐厅夜晚的灯光下显得是那么有穿透力，让自己有些面部发烫，她甚至来时都不应该拿那瓶放了好多年的干红葡萄酒。在清幽雅致的餐厅中，两人对坐已是情意绵绵，沉浸在半醉半醒之间，细长优雅的红酒杯中，干红就像一簇燃烧的火焰，缠绵且热烈。

出了餐厅的门，外边刮起一阵风来。夏天的天，娃娃脸，说变就变。本来是晴空万里，突然就乌云压来。黄平生说，天要下雨啦。符金英回应说，是要下雨了。他们两个都没有分别回家，符金英坐上了黄平生的沃尔沃，这车是刚买来不久，车内密闭的空间里还有一丝丝装潢的味道。车子过了纬二街，过了翠华路，在威斯汀酒店的地下室停了下来。黄平生刑满释放后，和几个伙计合伙着成立了一家房地产开发公司，公司刚成立不久，就在城南盯上了一片儿土地。这土地原来是给过别人，但始终没有开发，政府就收了回来。黄平生就找到了区长章劲，表达了要开发的意思。章劲满口答应，说给谁都是给，对政府来说，要的是品质，要的是税收，拿走就拿走吧，也算是支持老哥一把。原来黄平生和章劲还搭过班子，黄平生那时候是一个城郊的区长，章劲是常务副区长，往往在重要问题决策上，一唱一和，随声附和。

这几天，让章劲最心烦的事情是收到一封信，信封上无任何落款地址。信是办公室的工作人员送来的。章劲打开信，看了一眼就成了热锅上的蚂蚁。

信上写着："章劲同志，你好！我相信你对此照片上的事情还有记忆的。因受到你的政治对手的委托，已对你进行了全面地跟踪调查，并掌握了把柄。欲不想因一些小钱，翻出你那些不光彩的往事，而让你颜面无存，请在两天内汇款十万到某某银行某某账号。"寄件人同时保证，在收到汇款后立即将所有证据交到当事人手中，否则，将第一时间寄给上级组织和纪委部门，并发至互联网。这封信内附了一张黑白不雅照片，说这仅仅只是自己掌握证据中的"冰山一角"而已。

章劲要提拔为区委书记的信息，最近在区上传得有鼻子有眼。有人说，就那么个事儿么，人家不是说嘛，不跑不送，听天由命；光跑不送，原地不动；又跑又送，提拔重用。大家都知道，他要从区政府到区委去了。他个人最近也是低调了几分，见谁都笑呵呵的，即使下属来汇报棘手的问题，他都热情周到，且还鼓励干部多换个思路和方式。尤其是那天市委组织部已经来区上民主推荐了，这眼看着就是铁板钉钉子的事儿。可是就是在这关键时刻，这封信让自己不知如何是好。虽然酒店是去过，但是这封信寄来的照片，除了头部外，怎么看也不是他自己啊。他的胸前有颗痣，且还有块胎记。但是在这关键的时刻，万一弄巧成拙，被这群骗子将这不是照片的照片发到了互联网上，带来的必然是轩然大波，自己垂涎好久的区委书记的位子就成了别人的盘中餐了。

晚上下班，他一个人在护城河边上散步，来来回回地踱着步子，思索了好久，就给黄平生打了电话。过了一会儿，黄平生的车停在了护城河沿岸的辅道上。他在车上，给黄平生说了信的内容。黄平生哈哈大笑，说："老兄这种事儿你也信？"章劲说："不信，但是在爬坡的关键时刻，不信，万一捅出个大娄子，巧合了咋办呢？"他的话刚说完，黄平生的表情也凝固了起来，是啊，万一巧合了咋办？黄平生这人仗义，尤其是经过了服刑这事儿，且做了房地产开发商后，就更加仗义了起来。他说："你别管了，这事儿交给我。"章劲就点了一支烟，深深地吸了一口，说："那你说说咋办呢？"黄平生骂了一句，说："他娘的，大不了我满足他小子一回也无妨，古人常说破财消灾之后就是飞黄腾达么。"章劲就将收到的信交给了黄平生，下车后把那张照片撕了个粉碎，扔到了路边的垃圾桶里。扔到了垃圾桶，又不放心，扭过头来把手伸进去，把一把碎片儿搅乱，才扭头沿着马路消失在远处。

直到市委宣布章劲任区委书记后的第三天，黄平生打电话说，给他小范围庆贺。章劲晚上来，才偷偷向黄平生打听，后来是怎么摆平的。黄平生说："我问了几个公安上的哥们儿，这事儿对他们来说，习以为常了。我还是不放心，就给那小子转了十万过去，看看他还能闹出个啥幺蛾子来。咱要当书记，这些事儿都不是事儿么，还能让你操心。"在餐桌上，黄平生一杯杯地给章劲庆贺，喝酒。坐在黄平生身边的，除了他公司的一个副总，还有符金英和陈玲。符金英是黄平生叫来的，说章劲前途无量，虽然是自己的好伙计，认识个人多一条路嘛。符金英听说了后，就又喊了陈玲。陈玲前些年还确实让章劲头疼了一阵子，他头疼时，最担心的是市长给他打电话，甚至当年他焦灼的样子至今还记忆犹新。陈玲本来不愿意来，说见了人家领导多么不好意思的。符金英说："那有啥么，你现在还在人家的管辖区域么。"也说了黄平生说的那句话，多认识个人多一条路嘛，准确说是多认识一个领导，就多一个靠山嘛。陈玲来，符金英介绍说："这是自己一个好妹妹，人很好，帮了自己的大忙，就一起来了热闹热闹。"章劲也没有问陈玲来自哪里，或者叫什么，他的精神头儿主要在和黄平生喝酒上。酒过三巡，他们两个大男人又絮絮叨叨地说着过去的一些事儿。那谁谁当年当领导时，欺负他们两个，没想到退休没几年就郁郁寡欢地去世了。还有那谁谁，确实是个好领导，但是子女都很一般，但是他在位子上时，又有多少好弟兄，后来几个子女都被好弟兄照顾着分别走上了领导岗位，如今也是意气风发，干出了一番事业。

到了晚上十一点多，饭局结束。章劲的司机在楼下早已发动了车子，嘟嘟地一直响着，黄平生把他送上帕萨特，车子就一溜烟地走了。黄平生说他送下符金英，符金英说今晚不准送啦，都喝酒了就早早回家休息么。她还说，自己晚上要和陈玲在一起，两个人还要一起说说话。黄平生看着再三不过，就看着两个女人挽着手，提着包沿着酒店门口东去，摇了摇头才坐上了车。两个人刚进了符金英的家门，陈玲的微信就滴滴地响了两声。她正在换鞋子时，一手打开微信，突然空气凝固了一般，呆在了那里。微信是庄泽亮发来的，他在微信里说："姐，我路哥在美国出车祸了。"陈玲盯着微信，看了好几遍，刚看着，第二条微信又发过来，说："我路哥受伤严重，没抢救过来。"陈玲看完了信息，突然就哭出了声音，已经坐在沙发上准备削苹果的符金英，一下子跑过来，说："咋了？咋了？"陈玲一手拿着手机，一手扶住符金英，就呜呜地哭，说："路明死了。"符金英也被这个炸弹一般的信息惊呆了，说："好端端的一个人，咋说没就没了呢？"说完了话，在唉声叹气的同时，一直拍打着陈玲的肩膀。陈玲哭着，说："我儿子没爸爸了，我儿子没爸爸了。"口里有些语无伦次。

陈玲的儿子今年高考，这些日子正是闭门冲刺的关键期。儿子都已经三个月没有回家了，学校模拟考试一周一次。儿子有些像路明，喜欢数理化，对政治历史地理这些科目的兴趣一般，所以在上高二时就选择了理科。学习成绩说不上最好，但是如果正常发挥，考个一本重点院校问题不大。这些年，儿子的学习都是自主式，她基本上操心不多。上高三的儿子，身板儿已经和路明上大学时一样高，甚至看上去比路明还壮实。路明虽然去了国外，但是儿子的一笑一颦、一举一动，和她当年认识时的路明，还真是有一些神似。

符金英给陈玲说了一夜掏心窝子的话，两个女人都成了丧偶的人，虽然路明和陈玲已经离婚。第二天一早，陈玲早早就起了床，眼睛有些肿胀。她要去找庄泽亮。庄泽亮还没出门时，陈玲的电话就打了过来。庄泽亮说，听他的老同事们说，路明是在连续加了几天班，深夜回家的路上出了车祸，他在送往医院的路上就去世了。当时车上还有个同事，受了重伤，经过抢救之后，命虽然是保住了，但医疗费却超过二十万美元。而撞他们的肇事司机，是美国一个无业人员，也支付不起这么多医疗费。

再过几天儿子就要高考了，这几天已经回家。儿子在家里闭门查漏补缺，她就每天回家，给孩子做饭。十八岁的儿子说："妈妈你忙了就别回来了，天气这么热，我自己凑合着就可以。"陈玲不同意，她每天变着花样儿给儿子调理饭菜口味。儿子高考的那天，路明的骨灰由三个同事带着回国，到达了国际机场，一并回来的还有小冉和孩子。高考对儿子来说，是高中阶段的全面总结。陈玲跟儿子说："结果不重要，重要的是过程。"儿子却说："只有重视过程才能有好的结果。妈妈别担心，我尽力发挥就是。"

这些天，一直压在陈玲心底的就是，怎么给儿子说父亲的事情。想了想，还是高考结束之后吧。听庄泽亮说，路明的骨灰安放了殡仪馆。家里的老人已悲伤不已，卧床不起，单位几个同事帮忙照料着一些生活上的事情。儿子终于考完，并去学校里估算了成绩，应该不会太差。晚上，她做了三个菜，在饭桌上，她跟儿子说，爸爸去世了。儿子表情异常平静地盯着她看了，没有说一句话就趴在桌子上哭了起来，喊着爸爸、爸爸。爸爸这个词对儿子这些年来说，是多么地久违啊，是多么地亲切啊。陈玲也呜呜地哭了起来，她揽着儿子宽厚的臂膀，说儿子别哭，可是两个人的眼泪一直没有停下来。

第二天一早，儿子提议去看爷爷奶奶，也去看爸爸。东仓街的一个老旧小区，路明上初中时住在这里，也是陈玲和路明结婚时的婚房所在地。多少年了，她再也没有来过这个熟悉而又陌生的地方。人常说，血浓于水。她和儿子走在这条街上，突然感觉儿子就是另外一个路明。进了门，儿子叫了一声奶奶，奶奶一看是孙子，又哇哇地哭起来，口里喊着："我的儿啊，我的孙啊，我为啥就老不死啊。"路明的遗像摆在客厅临时支起来的桌子上，那张照片，是多么地风华正茂，嘴角微微翘起，成熟且英拔。

陈玲说："给路明买个墓地吧。"曾经的公公婆婆突然都转过头来，看着她。小冉带着孩子回娘家去了，也一直没回来。公公和婆婆异口同声地说："买吧，让我儿入土为安。我们两个老不死的，过些年头也好和我儿呀去见面，生他是我儿子，去了另一个世界他还是我儿子。"说完了话，两个老人又泪流满面。

儿子也说："我支持妈妈。"选墓地的事儿，也就落到了陈玲头上。长安城边，墓地较多。东有寿阳山、凤凰岭，南有九龙山，西有镐京，北有卧龙山，陈玲都跑着实地看了下，墓地十万到三十万不等。这事儿，她觉得还是让孩子的爷爷奶奶确定为好，就征求了两个老人的意见。老人说，那就凤凰岭吧。陈玲和儿子就带着两位老人去实地看了回来。婆婆拿出来一个存折，说："娃呀，这是我们两个退休费积攒下来的几万块钱，你就拿着用去吧。密码是明娃的生日。"陈玲没有接，让他们两个老人照顾好自己的身体，就是最大的福分。说完了话，陈玲就和儿子出来，走在回家的路上。

回了家，儿子拿出了一张银行卡，说："妈妈，这是一个叔叔前几年给我的，说是我爸爸让他转交给我，说别给你说。我就接了，给我爸守住了这个秘密。叔叔说，银行卡的密码是我的生日，我也没有用过。"儿子说完了话，就把银行卡向她手里塞。儿子塞银行卡时，陈玲却哭泣了起来，她把那张带着塑封的银行卡攥在手里，用手背一直抹着眼泪。儿子没有哭，却在抽纸盒里撕了两张纸，递给了她，让她擦眼泪。说自己这么多年为爸爸守住了秘密，请妈妈原谅。银行卡里有五十多万元，是庄泽亮前些年专门送到儿子手里的。陈玲知道，这个钱不能用。这是路明作为爸爸，给儿子的。她既然接过了这张银行卡，她就要给儿子好好地保存下去。

儿子收到了录取通知书，是北京航空航天大学。这是高考后他们娘俩最高兴的事儿，看着儿子红彤彤的录取通知书，还有那份户籍转移通知，她翻来覆去地看了几遍。儿子给爷爷奶奶也报了喜，陈玲还给吴婷婷发了微信，分享了儿子即将迈入大学的喜讯。儿子要去北京上学，她计划着准备去送，还有一个多月时间，她要看着儿子走进大学的校门。说实话，这是儿子自己努力的结果，她反而在儿子的学习上，没有操心多少。可是，自己是否已从黑名单里解除，却是个不确定的未知数。

21

　　剩半月就到了孩子要去北京上大学的时间，陈玲在城里的商场里给孩子添置生活用品时，电话唱起了歌来。初秋的秋老虎依然晒得人头皮发麻，商场里的角落里都是乘凉的人。电话已经响了两遍，陈玲没有听见。当第三遍响起时，她才听到了手机的声音。从包里掏出电话，一看是王志敏，赶快就拿起接起来。

　　王志敏说："还能知道我是谁吗？好久不联系了呀。"然后就哈哈大笑。

　　陈玲说："当然知道。你在忙大事儿，我一闲人就没敢骚扰。"自从上次王志敏被停职后，陈玲基本上再没联系过。

　　王志敏说："哎，说个事儿，关乎你的。"

　　陈玲说："我又咋了呀？"

王志敏才说出了事情的原委。原来今年的全会又快到了，国庆后北京就要开会。区上今年早早动手，将常年来的重点人群都移交给了派出所，让派出所提前谋划布控。区委书记章劲专门召开一次专题会，拍着桌子说，当年吃的亏已经吃了，该写的检查已经写了，该处理的人已经都处理了，这些年区里的不稳定因素今年要早动手，派出所就开始忙活起来。

　　王志敏官复西南派出所所长，他是走了狗屎运。公安机构改革，他这个所长不仅又成了所长，原地还官升一级，已经把副处级解决了。从区信访局拿回了重点人员名单，陈玲的名字赫然地还写在上面，只不过备注栏多了一行字："近年较为稳定。"王志敏给她打电话，包括几个意思，一是他俩是熟人，好久没联系。二是陈玲是重点稳控的对象，他可以做陈玲的工作。三是他们还是彼此了解的，他知道陈玲的性格直，谁说山中有虎啸，她属于偏向虎山行的人。

　　陈玲听完了王志敏的话说："我还在黑名单里呢。"

　　王志敏以为是在重点人员名单里，说："是，是。"

　　陈玲又说："我这些年从来都买不成火车票、飞机票。"

　　王志敏才醒悟了过来，一查还确实是，现在还属于"老赖"。陈玲说："好吧，咱们电话不说了，你方便了我来你单位。"然后就挂了电话出了门。在王志敏的办公室，陈玲一一地说了自己的经历，听的王志敏一惊一乍，自己还不知道有这些事儿呢，烟确实是连续抽了几根。听完了陈玲的话，王志敏深深地叹了口气。

陈玲离开后，王志敏就给区信访局局长朱长凯打电话，说了陈玲的情况。朱长凯说："大所长，你可不知道，那个陈玲这几年确实清闲多了，前几年快把你兄弟我害惨了。那年她跑到北京，我算是点头哈腰地在北京屁颠屁颠地差点磨破了鞋底子，给各级领导好话说了几箩筐，差点儿连局长的帽子都被摘掉了。庆幸的是，听说前任书记提议免掉我，差点儿都让组织部纳入日程，人家却高升当副市长去了。大所长，你说我有啥办法呢？我总不能背着铺盖卷躺到她家楼门洞里去吧，我即使就是去了，我也有打盹的时候啊。咱们大华街道办那个杨瑞也是，本来在上任书记手里，就顺顺当当地提拔成街道书记了，硬生生地被那个陈玲给拖黄了。说句实话，我俩也是万不得已啊。你也知道，上面千条线，走到咱基层就是一根针，你说我俩不给她想个办法，累死我们信访局和街道办，她再插翅飞到北京去，我这么多年的辛苦努力不就白费了吗？是这，咱们不说了，改日我请你喝酒，喝酒啊。"

　　听完了朱长凯这个已经马上满两届的信访局长，咕噜咕噜地吐下这堆苦水，王志敏把电话挂了后确实是回想了一阵子。听陈玲说，路明已经去世了，凌解放已经死了这么多年了，陈玲还会去告谁呢？陈玲要告的不就是朱长凯和杨瑞吗？只有这两个人，才可能是陈玲现在告状的对象。又过了一会儿，王志敏又给朱长凯打电话，说晚上一起吃个私房菜，好久不见了，正好明天是周末，稍微喝上一些，算是联络感情。朱长凯挂了电话后，就给街道办的杨瑞，还有组织部部长报告了一起吃饭的事儿，组织部长虽然是区上领导，但是权高位重，朱长凯处了好几年，才把关系处到了今天，为自己的未来铺路。

晚上七点半，天色刚刚暗淡了下来，位于纬二街的这家陕南私房菜已经是众客满座。王志敏、朱长凯、杨瑞最先到了包间，一会儿组织部部长就大驾光临。他们三人一阵点头哈腰，部长坐在了主位上，当然也少不了酒。就是王志敏从车上取下来的，一个红袋子里装着两瓶陈年老窖，说是朋友从四川带来，给各位助个兴。一阵觥筹交错，推杯换盏之后，两瓶白酒被五个人下了肚。安居集团老总来得晚，他是组织部部长说一不二的好伙计，听说也是前多年省委的第一批选调生。酒是喝完了，可是他们仍是不尽兴，加之时间尚早，几个人就约着再去喝点啤酒，吃点烤肉。到了烤肉摊，生意正是兴隆时，没有了座位，本来要换个地方，组织部部长却打电话叫来了城管局局长，说是一起喝酒。没料到还正在喝酒的城管局长，接到了组织部部长的电话，提早退了场子，就让沿街大队的面包车一溜烟儿拉到了烤肉摊。城管局局长刚到，烤肉摊的长条桌就腾了出来，六个人点了烤腰子、烤筋、烤韭菜、炒花蛤等等，还要了一件冰镇啤酒，开始吃喝了起来。先是组织部部长要去上厕所，他属于喝了啤酒就迅速分解的那类人，一趟一趟地上厕所，还能一瓶瓶地喝下。城管局长在上个场子就喝多了酒，来了又说失陪失陪，又咕咚咕咚地灌下去了几瓶，走路已经有些摇摇晃晃。在他去在路边的草丛里小便时，一个趔趄，将邻桌的桌子哗啦啦地掀翻到地时，自己也倒在了地上。

桌上的人一看城管局局长倒了地，就跑过去扶。就在王志敏给邻桌的人道歉赔不是，朱长凯和杨瑞一人拉着城管局局长一只胳膊向起扶时，组织部部长却骂了几句，说："喝点猫尿你就不知道自己是谁了。"刚刚扶起来的城管局长，睁眼不认人，连问："你骂谁呢？你说谁喝猫尿呢。"两个人就吵了起来。夜市摊上的食客们都围了过来，有人说话，还有人拿出手机录起了视频。按照组织部部长的安排，王志敏留下来处理邻桌的问题，其他人从围观的人群里逃脱了出来，各自散去。

第二天一早，刚到办公室，王志敏就安排人员将陈玲的名字从"老赖"的名单里解除。这是他昨晚在陕南私房菜向朱长凯和杨瑞说过，并做了保证陈玲不再上访，在组织部部长的监督下，确定的事儿。就在刚刚办理完陈玲的事儿，刚点上烟，抽了几口，手机响了起来，一看是区公安局纪委书记。

王志敏说："领导好，您指示。"他和纪委书记常称兄道弟，关系较好，也常常在体系内的会场里见面，偶尔寒暄几句，相互发根烟解闷儿。

纪委书记说："妈的，你昨晚干啥了？"

王志敏一阵迷茫："领导，你是说喝酒丢人的事儿？"

纪委书记说："你们把人丢到省上去了。"

王志敏着急地说："啥？这可咋办呢？"

纪委书记说："你能咋办？还嫌最近的事儿不多啊。"说完就啪地挂了电话。

原来，他们昨晚在烤肉摊吃饭，城管局长推倒桌子和后来发生口角的事儿，被围观的群众录了视频，发在了网络上。一大早，省委书记的案头上，就有工作人员送去了网络舆情快报。书记看了后大怒，批示要求市里严查并立即处理相关责任人。市里接到省委的文件批办单后，责成市委组织部、市纪委牵头，区上配合调查。市上组成了由市委组织部副部长牵头的专门小组，进驻区委，进行调查落实。市委组织部副部长就匆匆带队，来到了区委。先是找区委书记章劲谈话，章劲表示，当晚确实是几个干部自费进行了聚会，尤其是酗酒后在公众场合言行举止不雅，造成了影响，他们正在和市网信部门进行对接，向相关网站说明情况，及时删除帖子，就对相关责任人进行了批评教育，并责令写书面检查。市委组织部副部长带来的人，也走马观花式地把几个当事人叫来，问了具体情况。

章劲和市委组织部副部长过去在一个办公室工作过，都相互了解和体恤，就让区上以专门小组的名义，写了调查处理意见送到了市委主要领导的秘书手里。秘书知道这事儿急，必须第一时间上报，且领导今天在省上有两个会，正在召开的是群众路线教育实践活动学习会，下午还有省委常委会。会议间隙，秘书就把处理意见递了进去。市委书记看到了，觉得可行，且大领导刚开会还讲到了这个影响恶劣的事情。市委书记又将报告递给了省委秘书长，秘书长签给了省委的主要领导。领导看了后，写了句：下午常委会研究。就放在自己的桌前了，脸色铁青。

下午的常委会上，省委主要领导敲着桌子把这事儿又讲了一遍，足足讲了半个小时。说过去谁违反规定，处理谁。现在啊，还要坚决落实党委主体责任，不仅对涉事干部要予以处分，对市区两级党风廉政建设负总责的领导也要予以处理。这样才能紧紧扭住牛鼻子，持续改进作风，为群众服务。责成省纪委、省委组织部从严从实继续调查，并及时向社会公布处理意见。

省委调查组认为，市上部分领导和相关人员没有履行职责，工作漂浮，存在推诿、落实不严等现象。过了三周，省委的处理意见公布于各大媒体。通报里说，省委认为，在贯彻落实中央八项规定精神和党的群众路线教育实践活动深入开展期间，市里少数领导干部律己不严，我行我素，仍然组织和参加吃请聚会活动，且个别干部"赶场聚会"，酗酒行为不雅，尽管是自费聚会，但对干部队伍造成不良影响和后果。这反映出一些干部执行中央八项规定精神还存在不坚决、不彻底的问题，落实中央对干部"三严三实"要求还存在阳奉阴违、言行不一的问题，值得各级党组织高度重视、各级干部引以为戒。省委决定，给予区委组织部部长党内严重警告处分，免去其职务，调离组织系统，另行安排不涉及组织人事的工作；给予区城管局局长党内严重警告处分，免去其职务；给予大华街道办主任杨瑞、区信访局局长朱长凯、西南派出所所长王志敏、市安居集团副总党内警告处分；给予市委组织部副部长党内警告处分，调离组织部；对于负责调查工作的市委组织部的人员调离组织部门，对区委调查组多次调查不深入、不真实，由市委对相关人员进行处理。省委还决定，对市委常委、组织部部长进行诫勉谈话；免去章劲区委书记职务，调离岗位，另行安排其他行政工作。

路边上，两个老男人在看当地的《华闻报》，一个男人说："这些领导干得好好的，这样的事情就把官帽子丢了。这男人啊，在酒场子上斟酒时，和风细雨。劝酒时，甜言蜜语。喝酒时，豪言壮语。喝多了，胡言乱语。到最后，倾盆大雨。这官帽子丢得可惜。记得城管局局长来过我住的小区，八十年代的老房子，乱搭乱建的太多了，甚至有人还在楼下搭建了鸡窝狗窝，每天天刚蒙蒙亮，公鸡就打鸣，吵得正在上初中的乖孙子睡不好觉。院子的人就拨打了城管热线，城管局长亲自带着人来了，三下五除二就把院子拆了个干净，虽然小部分人想不通。为啥想不通呢？因为侵犯了他的利益啊。但是他们也没想想，他们占了公共空间的便宜，其他人的利益谁来保障呢。只能求助政府，城管局局长就代表政府来解决了这些鸡毛蒜皮的事儿。"

另外一个秃顶的男人说："这你就不懂了，我当年也是有事没事就喝上半瓶，咱喝的那酒啊，其实就不能叫酒，一瓶八块钱，自己还多次买过当时的散装红高粱酒，半盘花生米配着都能喝得高兴。"他说："这酒啊，看起来像水，闻起来陶醉。喝进去辣嘴，留肚里闹鬼。走路来绊腿，半夜想找水。醒来就后悔，身心俱疲惫。可是睡上半天后，闻见那个味儿啊，依然让人痛并爱着，爱得深切。这些男人看着是当官的，其实他也是男人么。人在江湖走，不能离了酒。人在江湖飘，哪能不

209

喝高。跟伙计们喝，屁股一抬，喝了重来。跟领导喝，屁股一动，表示尊重。站着敬酒，双杯恭候。"

周边的人都哈哈地笑个不停，说："你们这两个倔强的老头儿啊，吃着自己家的饭，操的是人家政府的心。咱这长安城还真是成了'一城文化，半城神仙'了。"还有人说："你们这是皇上不急太监急，你们说得面红耳赤，还是赶快想想自己下一顿是吃油泼面、裤带面还是臊子面、干拌面啊。"两个老男人说："吃一碗面，再喝上半瓶酒，真是赛过活神仙，你们懂个屁。"说完，掏出一包猴王烟，撕开来，一人点了一根，只见烟圈儿盘旋着向头顶散去，消失在街巷里。

陈玲知道这件事儿时，已经是三天后。不是从报纸上，而是从微信公众号上。她晚上闲着无聊，洗漱了就躺在床上，在手机上看各类鱼龙混杂的信息。她顺手就滑到了这条看似突如其来的信息，吃惊得手机从手指间滑落出来，掉在了地板上。她的身子顺着手机滚过来，差点儿落了下来，心里不是滋味了起来。

她心里清清楚楚地知道，王志敏喝酒是为了自己，可是喝酒就喝酒，为啥还要喝个第二场，却控制不住自己。她又想，这些男人在一起，不喝酒聊天吹牛又能干些什么呢。弟兄们在一起，喝酒就是为了乐和高兴，上下级在一起喝酒还不是为了巴结谋位么。自从凌解放死了后，她每次遇见酒，凌解放就好像在酒杯里一样，所以就不再喝，无论是白酒还是红酒。

22

符金英的父亲去世了，在西京医院。前些日子，老爷子的身体就已经软得站不起来。在省委政法委的安排下，由省医保局协调，住在了西京医院的消化内科高干病房。医院里配备了精良的团队，对老领导进行救治，抢救了一个多月，父亲拉着符金英的手，安静地睡着了，无声无息。父亲走了，离开了自己最疼爱的女儿。父母在世时，儿女年龄再大，都是孩子。可是当老人去世，儿女就突然长大了，符金英扶住父亲已经干瘦的身体，呜呜地哭了一会儿，就抹着眼泪站起来安排老人的后事。

陈玲接到符金英的电话是在她刚送孩子上学从北京回来不久。她去的时候，订了高铁票，回来时，就咬了咬牙，买了飞机票。就打了出租车向老人生前的家里赶来。父亲原来说过，死了不设灵堂，一把火火化扔了了事，也不要再去买墓地浪费国家的资源了。虽然这是老人生前的话，可是符金英怎么做，她决定还是和省委政法委的行政处商量下。听到了老领导下世，单位的老下属商议，在老人的家里设简易灵堂，接受亲朋好友前来凭吊，不接受丧礼，不接受花圈。老人的讣告也张贴在了省委政法委的楼道口，定于三日后在凤栖原殡仪馆举行告别仪式，由省委有关领导主持。符金英忙前忙后地来回跑，陈玲在老人的家里招呼来客，当然，省委政法委行政处的干部也是尽心尽力，在楼下分工接待前来吊唁的单位同事。第三天早上九点，老人的遗体告别仪式如期举行，陈玲扶着符金英，给前来参加仪式的亲朋好友、领导同事鞠躬答谢。父亲的遗照悬挂在大厅的中央，遗体躺在水晶棺里，身上的党旗庄严。前来悼念的人一字排开，胸戴白色花朵，绕着大厅向遗容告别。省政法委书记拉着符金英的手说："节哀。老爷子生前一身正气，光明磊落，我们都是他的学生。把家里的事情安排好，工作上有啥事儿随时找我。"符金英抹着眼泪，连声地说着谢谢。

　　仪式结束后，领导同事们都纷纷离开。直到老人的骨灰出来，陈玲又搀扶着符金英，去把老人的骨灰盒抱了出来，抱回了家。在回家的路上，符金英又呜呜地哭了起来，说自己成了没有父母的孩子，成了断线的风筝儿，父亲再也没法跟自己聊生活了。过了一些日子，省政法委说，老人的墓地落在了西安烈士陵园，符金英的心总算是放下了。父亲走了也好，没有受多少病痛折磨的罪。他到另外一个世界寻找母亲去了。符金英的母亲去世早，那时候父亲还在县上工作，母亲在家围着一家人的生计转圈儿，有天在门口的柴火堆里一头栽倒，直到下葬也没弄清楚是啥病，死得不明不白，没有过上一天好日子。

母亲去世后，符金英一直认为，父亲还会再找个女人回来。可是父亲，天天围着工作转，从县长到县委书记，从县委书记到省政法委，十几年来一直就这样顺风顺水，他好像已经习惯了自己的单身生活。白天工作，晚上工作，一有空就在家把符金英的衣服洗得干干净净，闻上去有一股淡淡的茉莉花香的味道。自从到了省里工作，符金英也跟着父亲来到长安上初中。父亲早出晚归，进出家门手里总是提一个已经褪了色的黑皮包。直到自己上了中专学校，父亲才把收拾家里和洗衣服等琐碎的事儿交给了她。

陈玲最近忙得不可开交，每周都要向百余里外的秦岭深处跑。秦岭北坡有七十二峪，崇山峻岭，千沟万壑。每到深秋，就迎来飞雪漫天，交通不便。初夏后，草木葱茏，天空细雨，云横秦岭，鸟鸣树间，溪水潺潺。洋槐树是这个村庄最为守护的卫士，它生长快、寿命长，还能耐得住干旱和瘠薄。尤其是到了春夏之交，漫天遍野的洋槐花，芳香四溢，典雅惹人。成群结队的蜜蜂，在盛开的花朵上吸吮着，肆意徜徉。

可是这里的父老乡亲，一年到头除了农闲时外出打些零星工，就守着这些贫瘠的坡地，种植小麦、黄豆、土豆等，仅仅能够维持温饱。在村里，没有人用过煤，生火做饭出门就把手伸向大山，砍伐着树木作为柴火，勤快的人一年到头能收拾几个大柴垛，甚至还有人砍伐了檩木，偷偷地拉出去卖钱。有人常年在外打工，也不再回来。在通信发达的今天，手机有信号都成了奢望。长大了的小伙子娶不上媳妇，村子里的姑娘都走向了城市，老弱病残成了村子里的代表。用村子里老人的话说，就是瘦了山，穷了人，没出路，一顶"穷帽子"始终在头上戴着。

靠山吃山，靠水吃水。这个看似正确的观念，在脱贫攻坚的时光中，被慢慢改变。祖祖辈辈，靠着山水，没有走上小康之路。他们吃了苦，出了力，换来的却还是仅仅能够糊口的生活。有病只能硬扛着，从来不奢望去医院，因为这样会更加赤贫。有学也不能上，有些在县里上学的孩子，考上了大学偷偷地把通知书装在兜里，选择了外出打工。何时能找到产业发展的致富路，每天在村子里与乡亲们一遍遍地听他们想法，也成为驻村干部们最为重要的事情。

就是那天，陈玲一个人闯进了这个村庄。她来到这里，是因为无聊，听别人说生态环境好，就开车沿着山外的公路进了村。驻村干部张程程正在和大家一起坐在大树的阴凉处拉家常。陈玲听见了，乡亲们说应该建一所小学。虽然三个自然村合并成了一个村，但是孩子们上学的环境还没有什么变化。这个村庄，和她的家乡是多么地相似啊！走在这里，好像就回到了她从小生活过的地方。什么事儿最大？孩子。孩子的什么事儿最大？读书。只有孩子们有了好的学习环境，可能才会爱上学习，才能走出这座大山，到长安城里去，到北京上海去，到天南海北去，见大世面，改变自己的未来。

　　她蹲在路边，听着乡亲们七嘴八舌地说着，心里就有了一个念想：捐资助学。钱从哪里来呢？路明给儿子的银行卡。这五十多万元，她仅仅在银行用过一次，就是和儿子一起看了看，这张卡里的钱有多少。张程程说："乡党们，建一所新学校是一件大好事，乡亲们可以出力，钱的事儿我来想办法，申请资金，号召企业家捐款，这是功莫大焉的事情。"乡亲们嘿嘿地笑着，鼓起掌来。陈玲拿起手机，拍了一张大家喜上眉梢的照片，给儿子发微信。儿子说："妈妈你这是在哪里啊？"陈玲说："我在村里。如果在这里用你的钱建一座小学，你同意不？"儿子发过来三个点赞的符号，说："妈妈，我坚决支持。"有了儿子的支持，陈玲的底气十足了起来。就走上前去插了话。她说："我来捐助怎么样？"一群人盯着她看，这看上去四十多岁的女人是谁啊？就疑虑起来。张程程说，他来落实这事儿。乡亲们才异口同声地说："是是是，你来落实，娃们家的事儿无小事。"

　　陈玲是在长安城的一家咖啡店和张程程签的捐资助学协议书，加上利息共六十万元转给了村上的脱贫攻坚小组银行账号。签了协议，双方拿着咖啡碰了一次杯，庆祝合作成功。张程程今年四十七岁，在市里的一家国有企业做中层，单位的帮扶任务下来，他主动报名要去村里担任第一书记。孩子上了大学，媳妇还上着班，他想把自己学了四年的农学技术用在刀刃上，农村是一片广阔的天地。

过了不到两个月，办完了前期的手续，村上的学校就在鞭炮声中开了工，施工队伍是市里的三建公司，村民义务帮忙。陈玲没事儿就来工地上转一圈，用她的话说，就是把钱花在响亮处。随着学校的建成，学校命名的事情就摆在了桌面上。村委会经报县上同意，学校命名为"陈玲希望小学"。张程程来征求陈玲的意见，陈玲说："算了吧，用我的名字不合适。"张程程极力地说："不用才不合适。"陈玲见她再三执拗不过，说："那就改成路明希望小学吧。"张程程说："为啥要叫路明呢?"陈玲哈哈地笑，说："路就是道路，明就是明天，寓意孩子们走向未来的道路更加宽广，前途就更加光明。"大家拍手叫好，说这个好，这个好。"路明希望小学"六个鎏金大字就悬挂在学校的大门上。这六个大字，是吴光明的书法体。陈玲请吴光明题写学校名称时，再三推辞不过，就给吴光明和程翠英夫妇讲了自己的所作所为。吴光明夫妇听完了后，也为陈玲赞叹不已。吴光明写完了六个大字，还捐了两万元现金，说给孩子们添置些学习生活用品。尤其足球，国家现在提倡学校开展足球课，农村的孩子自小摸爬滚打，身体底子都很好，如果要他给每个孩子买一个，也是没有任何问题的事儿。

　　学校建成那天，第一书记张程程邀请了陈玲前往揭牌。陈玲也拉了吴光明夫妇去了秦岭深处，当然，吴婷婷作为省城大报的记者，也欣然前往，一举两得。那天，来参加"路明希望小学"揭牌活动的还有县里的县长和县委书记。大家都拉着陈玲的手说，感谢感谢。还送了一块大匾，上面写着"心系家乡造福桑梓"八个大字。胸戴大红花的陈玲，鼓掌随和，却两眼泪花。他们从秦岭深处回来时，车的后备厢里装满了蜂蜜、土豆、苞谷面、红薯、鸡蛋等这些村民自发送来的东西。她执意不要，乡亲们就说："孩子啊，拿着吧，这些东西都不值钱，都是咱们自己家产的，别嫌弃。"乡亲们越是这样说，陈玲的眼泪就越不争气，止不住地从眼眶里向外涌。

符金英是从《华闻报》上看到的消息。婷婷跟着父亲和陈玲姐去山里呼吸了富含负氧离子的氧气，还写了一篇通讯稿，配图发在了第二天的报纸上。题目是：《城市白领捐资助学，情系教育爱满秦岭》。尤其是陈玲揭牌时的那张照片，醒目惊艳。符金英快退休了，已经没有了多少事情，她的工作是协助副厅长做好信访工作。她早上到单位，翻开了《华闻报》，看到了陈玲，就拿起电话打了起来。陈玲的手机响了时，她还懒洋洋地躺在床上，伸懒腰。这是一桩夙愿，也是突然想起的事儿。

电话接通，符金英爽朗地说："妹子，最近不见，你干大事去了呀。为啥也不说声呢？"

陈玲呵呵地笑，说："姐，这是一时之念，也算是我对自己有个交代么。"

符金英说："妹子，你太不够意思了。啥时候也带你姐去看看么。"话说着，她们就约了周末去。天凉了，陈玲正好要给孩子们去送温暖。这一大堆东西，是社会各界的爱心人士捐来的。《华闻报》刊登了她的新闻后，省电视台、省报的记者都纷纷来采访，还给她做了专门的采访。周末出发前，符金英去银行取了五万元，装进了包里。车子上了绕城高速，一路向南，沿着秦岭深处的盘山公路蜿蜒而去，忽隐忽现。

符金英的电话响起来，她一看是黄平生，就挂断了。陈玲关了车上的音乐，说："姐啊，这大山深处信号不好，稍等咱们走到学校门口的高处，就可以了。"符金英笑了笑，说不接了。车上的音乐声还在耳边回响："来来往往的人，谁认识了谁，谁与谁相逢，谁是谁的谁……"

后记

这是我的第一部长篇小说。

有句俗话说，丑媳妇总得见公婆。写完后，我就找了一些朋友，让他们有空了翻翻，提提意见。有人读了，说你写的这事儿，我知道的，那不是咱们原来见过的陈玲么。我笑了笑，说这就是听来的故事。还有人，后来跟我说，没有时间读啊。我也笑了笑，在这座城市里，大家都很忙。有的忙乱了这么多年，自己都不知道在忙乱些什么。我也忙乱，却在去年疫情期间，把这个故事写了下来。我的朋友Y发微信说，她现在有一种感受，对人对事越敏感的人，越能做成事儿。我又笑，我知道她是鼓励我，因为她常常鼓励我。鼓励就像燃烧的火焰，在有人拿着火棍子搅和助力下，本来还没有火苗的柴草，就噼里啪啦地燃起来，毫无遮拦。因为我是个给点阳光就灿烂的人。

说到生活，细细思量，我们每个人何尝不是一团麻，每个人都有思想世界里解不开的疙瘩，或大或小，就和这部小说中的人物一样。写这部小说，是在夜晚，尤其是那段疫情期间，城市封闭，生活停摆，我和同事们每天都围绕着疫情防控开展工作，除此之外，再无他事。每当后半夜，我总是想起陈玲的事儿来。我听到这个故事时，故事还没有结局。突然有一天，凌解放酒后去世了，我通过朋友见到了陈玲。一个很端庄的女人，和我的年龄相仿，但是眼角的鱼尾纹掩饰不住这些年来日子的消磨。她说史老师，听说你是个作家，我这一地鸡毛的生活，是不是比你们写的小说还曲折呢。

陈玲是个性格中有些执拗的人，我从她的言语中能感受到。聊了会儿，我们都呵呵地笑了。她笑她过去的日子，那都是些啥呀，甚至自己现在都想不明白，自己咋有那么大的气力，东奔西跑，总想要个说法。她说着端起桌上的咖啡，抿了口，说自己是电影《秋菊打官司》中的秋菊，又说自己是刘震云小说《我不是潘金莲》中的李雪莲。说完了，她说自己谁也不是，是现在活成了的自己。过去的日子，都是好日子。说到我们共同生活的这座城市，她又感恩了起来，这座城市给了自己的生活。

我们在生活中，有许多故事的本身。《离婚诉讼》这部小说，以主人公陈玲和老公路明为买房而假离婚开端，路明假戏真做又组成新的家庭，陈玲执拗地要个说法，阴差阳错走上了上访路。一路上她遇到了逃避生活嗜酒如命的法官凌解放，外冷内热的符金英，如父如母的吴光明、程翠英，等等。这和我们每个人一样，生活和工作的关系中，会遇到很多人，发生许多事儿；也消失了很多人，许多事情就戛然而止。来来往往，起起伏伏的日子，在生活的状态中经见着成长和岁月的年轮，也经见了每个人的处事方式和对生活的态度。

文学是人学，小说是对普通人内心世界和感情变化的书写。写完了这部小说，我是深深地呼吸了口气，我们都是平凡的人，我你他都是生活的主人公，小说的人物影子，都是被阳光拉长了身体的自己。现实和虚构的交织，才是小说应有的质地。还有几位朋友，后来跟我说，你写的不就是谁谁么。我笑了笑，说都是我们，我们。既然是小说，人物情节虚构，是文本的需要，请不必对号入座。就像我们每天在洗漱之后，要去照镜子，照镜子是为了让自己更加满意。如果你站在已经摔碎的镜子面前，你看到的却是陌生的自己，因为每个有趣的灵魂，都属于孤独的个体。

最后要说的是，很感谢关注这部小说的人。尤其要感谢作家出版社及责编史佳丽老师。史老师不仅是资深的文学编辑，而且还是散文家，评论家。对于这部小说的书名，作者和编辑之间，一直在纠结。对于作者来说，自己的作品就好像是自己的孩子。对于编辑来说，不仅要照顾作者的文本，更多的是要照顾读者的口味，甚至还有出版后作品的市场。仅仅是书名，我们讨论了多次，最终为《离婚诉讼》。

是为后记。

史鹏钊

2021年深秋夜于曲江居

图书在版编目（CIP）数据

离婚诉讼 / 史鹏钊著 .—北京：作家出版社，2022.1
ISBN 978-7-5212-1594-6

Ⅰ.①离… Ⅱ.①史 Ⅲ.①长篇小说-中国-当代
Ⅳ.① I247.5

中国版本图书馆 CIP 数据核字（2021）第 223237 号

离婚诉讼

作　　者：史鹏钊
责任编辑：史佳丽
封面设计：百丰艺术
出版发行：作家出版社有限公司
社　　址：北京农展馆南里 10 号　　　邮　　编：100125
电话传真：86-10-65067186（发行中心及邮购部）
　　　　　86-10-65004079（总编室）
E-mail:zuojia @ zuojia.net.cn
http://www.zuojiachubanshe.com
印　　刷：三河市紫恒印装有限公司
成品尺寸：142×210
字　　数：131 千
印　　张：7.125
版　　次：2022 年 1 月第 1 版
印　　次：2022 年 1 月第 1 次印刷
ISBN 978-7-5212-1594-6
定　　价：38.00 元